Le soleil des enfants perdus

Guy Marchand

Le soleil des enfants perdus

Postface de Adelina Khamaganova

Éditions Neige / Ginkgo éditeur

www.ginkgo-editeur.fr
34/38 rue Blomet
75015 Paris

La colère du vrai croyant ne dure
que le temps de remettre son turban en ordre.

Proverbe arabe

Chapitre I

Romain regardait l'étendue marine très loin, aussi loin que son regard pouvait porter, pour ne pas avoir mal au cœur, selon la technique que sa mère lui avait apprise pour pouvoir danser la valse sans avoir la tête qui tourne. Regarder loin, absent et hautain, pour que le roulis du bateau ne fasse pas remonter cette mauvaise bouillabaisse qu'il avait mangée tout seul à une terrasse du port de Marseille. Il ignorait que si l'on voulait manger une vraie bouillabaisse il fallait y mettre le prix car si on la mange dans n'importe quel troquet elle vous suit comme une mauvaise rencontre pendant plusieurs jours. Elle est comme cette ville, superbe et claire à première vue, mais polluée et cruelle par moments. Le temps s'arrêtait, mais pas la digestion.

Romain avait 22 ans ; il mesurait exactement un mètre soixante-quatorze, il était même arrivé à atteindre un mètre soixante-quinze sous la toise du conseil de révision, en respirant profondément et en se tenant très droit. Brun, il avait un visage agréable mais sans caractère particulier, même si le port de l'uniforme pouvait lui donner une certaine prestance.

Le bateau ne partant que le surlendemain pour Alger, il était descendu à l'hôtel de Noailles, cet hôtel de légende d'où de belles dames aux bagages de luxe de chez Hermès ou Vuitton partaient pour le monde colonial. Elles repassaient parfois par Marseille, ces belles dames, pour aller soigner dans une ville d'eaux les maladies exotiques contractées dans des pays lointains ou simplement pour retrouver des climats plus tempérés. C'était le prix à payer en échange de leur séjour dans les colonies d'Extrême-Orient qui se rebellaient.

Il avait flâné dans les rues dans son uniforme tout neuf : il se sentait fier et en même temps presque ridicule avec son béret rouge et ses barrettes étincelantes de sous-lieutenant. Les simples soldats qui le croisaient devaient le saluer comme le règlement militaire l'imposait. Ça le gênait un peu et il répondait à ces jeunes gens qui avaient son âge par un petit salut timide à peine esquissé.

Il était entré dans un cinéma sur la Canebière où quelques spectateurs venaient chercher un peu de fraîcheur ; la projection d'un Buñuel en noir et blanc le laissa triste et désorienté. À sa sortie de la salle il fut tout étourdi par l'intensité de la lumière et, après avoir marché une bonne heure, il s'assit à la terrasse d'un petit café pour boire une bière : il éprouva alors avec volupté un vertige de bien-être mêlé de l'angoisse qu'il ressentait. Il observa un long moment les filles qui faisaient le trottoir en riant et en apostrophant les militaires. Elles apportaient les seules notes de couleur et de gaieté dans cette rue du quartier du Panier à l'odeur d'égout et de poisson. Il n'osa pas en aborder une bien que ce fût une étape classique pour tout jeune soldat qui part faire la guerre. Les femmes bercent les soldats comme des enfants, en leur caressant les cheveux pour les tirer de leurs cauchemars et en leur murmurant « c'est fini mon petit ». Il semble bien que l'amour fasse partie de la guerre, comme s'il était l'autre face de la violence ou même la violence elle-même et que l'amour observait en spectateur impuissant et indifférent les affrontements qui dressent les êtres humains les uns contre les autres. Les petits amours qui volettent aux voûtes des églises ou sur les tableaux des musées sont-ils aussi stupides qu'ils le paraissent ? Ils ont plutôt l'air totalement indifférents, comme des enfants qui jouent.

Le lendemain Romain resta enfermé dans sa chambre d'hôtel. Il aurait pu dormir dans le petit hôtel où on lui avait retenu une chambre, ou même avec sa compagnie dans la caserne proche d'Aubagne, mais il avait tenu à s'offrir une chambre dans ce palace avec le reste de sa solde. Il y passa toute la journée allongé dans ce grand lit qui le changeait des lits étroits et inconfortables de l'armée, en se disant qu'il suivrait les conseils du barman de l'hôtel et irait voir la revue de l'Alcazar non loin de là…

À travers les volets il entendait la Canebière vibrer d'une vie intense. Il n'osa pas descendre déjeuner dans la belle salle du restaurant et se fit monter un sandwich auquel il toucha à peine. Il se rendormit fiévreux et rêvant d'aventures orientales. Il se réveilla vers 22 heures. Trop tard pour l'Alcazar !

… Romain entendait plus distinctement les battements de son cœur, peut-être à cause de la beauté de cette ville qui s'éloignait. Il ressentait l'émotion presque pathologique, héritage de sa mère, qui le faisait toujours vibrer intensément, un peu trop même, aux images, aux senteurs, aux musiques que lui offrait le monde. Sa mère vivait avec excès chaque détail de la vie quotidienne au point d'être au bord de l'évanouissement pour des riens mais elle ne prenait jamais au tragique les grandes épreuves de l'existence. Qu'est ce qui faisait battre si vite par moments le cœur de chacun et monter leur tension nerveuse si ce n'était l'impatience de vivre ? Comme lorsque Romain était enfant et qu'il faisait la queue avec elle au cinéma, trépignant et frustré de ne pas être déjà à sa place au premier rang pour voir Tarzan ou Zorro et avec au ventre l'angoisse de l'avenir immédiat, l'angoisse qu'on affiche « complet » ? Y-aurait-il encore des places pour voir le film, dans ce décor majestueux, sous ce soleil, à l'orchestre juste sous l'écran où il aimait s'asseoir ?

Un arrière-goût de bouillabaisse et une remontée acide dans son œsophage interrompirent cette plongée dans ses souvenirs. Il recommença à avoir mal au cœur. D'ailleurs, il avait souvent mal au cœur quand sa mère l'emmenait sur les balançoires de la foire du Trône, plus tard également il avait eu mal au cœur dans l'avion à Pau à la BETAP (la Base École des Troupes Aéroportées) où il avait fait son stage commando. Un stage musclé qui devait transformer le petit jeune homme timide et un peu artiste qu'il était en officier parachutiste, c'est à dire en chef de section d'une troupe d'élite, comme celles que l'on voit dans les vieux films avec John Wayne. Quand la sonnerie rauque qui accompagnait les « go ! go ! » de l'adjudant-chef commandant la soute larguait toute la section par les portes du Nord atlas, il sifflait l'adagio d'Albinoni pour se calmer, puis il plongeait dans le vide. Tout s'arrêtait, sa nausée disparaissait et, surtout pendant les sauts de nuit, le silence d'un voilier s'établissait avec la grande toile au-dessus de lui. Il sifflait doucement l'adagio, jusqu'à ce que l'odeur douceâtre de la terre et de l'herbe monte à sa rencontre avant la dernière traction des bras pour amortir son atterrissage.

Ce soir-là, entre l'ivresse du vent et la nausée, la mer lui donnait cette même sensation. Il se mit à siffler l'adagio d'Albinoni tout doucement, comme s'il allait sauter dans l'eau de la Méditerranée, qui, après avoir été toute la journée de son bleu habituel, devenait avec la nuit d'abord bleu marine, puis d'un noir sinistre, roulant des drames futurs ou d'anciens naufrages. « Le sang, c'est mon sang qui bat et qui me dit que je suis vivant, le sang qui gonfle le cœur, les muscles et le sexe et qui pour un oui ou pour un non peut s'échapper des corps sur un champ de bataille, sur la route, ou simplement à cause de l'épine d'une rose. J'aimerais que l'on m'explique ça ».

Le bateau s'enfonça dans la nuit et Romain rejoignit la cabine de première à laquelle il avait droit en tant qu'officier de l'armée française; c'était une des plus petites, mais il était en première classe pour la première fois de sa vie. Il s'allongea sur le lit en regardant le plafond qui tanguait doucement. Il pensa à ses parents, à son père garagiste, si fier qu'il soit devenu officier, et à sa mère, silencieuse et angoissée au moment où il l'avait embrassée à son départ, à la gare de Lyon. Il avait été très proche de sa mère : son père, il en avait toujours eu un peu peur. Ce dernier avait eu récemment un petit accident vasculaire et il n'était plus aussi indépendant et autoritaire que pendant son enfance. Sa mère prenait maintenant sa revanche sur son ancienne indifférence, à l'époque où on ne voyait pas souvent son père à la maison, un père toujours sur les routes, toujours à la chasse, toujours ailleurs.

Romain s'accommodait très bien de son absence et de sa vie de couple avec sa mère. Quand il entendait certains soirs la porte d'entrée s'ouvrir et le bruit d'un sac qu'on jette à terre, suivi du pas lourd de son père, tout l'univers de tendresse que sa mère lui assurait était perturbé. Quand les disputes et les éclats de voix entre ses parents parvenaient jusqu'à ses oreilles d'enfant, alors il maudissait son père en plongeant sa tête dans l'oreiller, dans ces moments d'envie de tuer leur père que connaissent tous les petits garçons.

Chapitre II

En ce mois de mai 1959, Romain participait à l'encadrement d'une compagnie de parachutistes venue d'une garnison du Nord qui partait pour l'Algérie. Il avait laissé ses parents tous les deux sur le quai, tendres et misérables, et le train s'était éloigné en les laissant immobiles telles deux petites ombres de larmes.

Quand il ouvrit les yeux, les rayons du soleil barraient la cabine comme une poutre lumineuse, du diamètre du hublot. Le soleil s'engouffrait violemment dans la cabine et la chaleur commençait à dissiper la fraîcheur du large et à caresser le bateau.

Il sortit et grimpa pieds nus sur le pont; accroché au bastingage comme un mousse émerveillé, il découvrit la ville blanche qui sortait de l'aube. Elle était vraiment blanche et semblait monter de l'eau comme un mirage avec ses grands immeubles réguliers de bord de mer… Derrière la colline on devinait les rues étroites et mystérieuses de la casbah. On commençait à distinguer les volets bleus sur les façades blanches qui contrastaient avec le gris sévère des quais du port. Devant la beauté de cette ville et de tout ce ciel, Romain murmura la seule phrase en arabe qu'il connaissait : « Salam aleikoum ». Il pensa qu'on l'avait entraîné à faire la guerre, mais pas une vraie guerre, une guerre d'enfant presque amusante et maintenant il sentait avec angoisse que tout en lui refusait de faire la vraie. Il était un impostcur ! Pourquoi ce tableau orientaliste ne se figerait-il pas ? Que le bateau s'arrête sur cette mer d'huile et qu'il n'y ait plus jamais de futur à affronter ! Un tableau orientaliste, pas si oriental que ça à première vue, à part le haut de la casbah et Bab El Oued qui correspondaient à l'idée qu'il s'en faisait. On avait l'impression qu'Haussmann était passé par là comme un touriste qui se serait dessiné une superbe demeure secondaire. Le ciel était nettoyé, si net que le blanc et le bleu devenaient des couleurs dures et presque cruelles. Il eut soudain l'impression que tout ce soleil allait le dévorer et qu'il ne reviendrait jamais plus au Nord, il se sentait aspiré par le Sud.

L'accostage se fit très rapidement et la foule se mélangea sur les quais : militaires, familles se retrouvant avec effusion, dockers ; métissage joyeux malgré une espèce d'inquiétude générale. Les Français qui débarquaient semblaient sur le point de déjà repartir. Il rejoignit sa section et on les dirigea vers les bureaux d'affectation des régiments, derrière le port dans de vieilles casernes humides et fraîches, où tous faisaient la queue pour se faire enregistrer.

Romain marchait dans les rues d'Alger que la canicule de ce début d'après-midi avait presque vidées de ses passants. Il s'assit à la terrasse ombragée d'un petit café où de vieux arabes tiraient sur leur narguilé du tabac au miel. Plus tard, l'animation de la foule reprit possession des rues, telles d'innombrables rivières coulant vers les boulevards principaux. D'élégantes Européennes en légère veste de lin, des jeunes filles brunes distantes et gaies et ces ombres blanches dont les yeux sous le voile font deviner qu'elles sont peut-être belles, mais dont le regard se détourne comme un reproche.

Il resta toute la soirée sur les quais à regarder la mer, enivré par cette ville indéchiffrable. Sa compagnie devait partir vers le Sud le lendemain très tôt. Il était à Alger et il respirait pour la première fois l'air légendaire de l'Afrique.

Chapitre III

Romain fut d'abord affecté dans un régiment à Djelfa et les trois premières semaines qu'il passa en Algérie furent un enfer car en guise de bienvenue le sirocco soufflait ; ce vent étrange était arrivé furtivement selon son habitude en se glissant sous les portes. D'abord sans que rien fasse penser à un vent, mais plutôt à la porte d'un four qu'on ouvre doucement. Une impression, un sentiment de chaleur extrême qui écrase tout et rend impossibles les patrouilles, laissant les soldats affalés sur leur lit de camp, s'essuyant la poitrine avec leur cheiche ; puis le sirocco disparaissait comme il était venu, les soirées redevenaient fraîches et la vie reprenait.

Romain marchait au milieu de sa section depuis plusieurs heures sous un soleil immense, sans contours, sans pitié et sans qu'on puisse dire s'il était à des années-lumière ou à dix centimètres de sa casquette Bigeard. une odeur pestilentielle vint se mélanger à la chaleur. On aurait pu toucher cette puanteur, tant elle était concrète et réelle. Elle annonçait avec sa musique sourde et tragique que la mort allait bientôt surgir au détour du chemin ; qu'elle allait ricaner à la vue de ces centurions, de tous ces jeunes gens en tenue de camouflage car elle était là, dans toute sa simplicité. La mort, dans toute sa vérité, dans toute sa pureté, était là à attendre derrière le rocher les corps jeunes et musclés, bien entraînés, fragiles enveloppes de sang. Puis il distingua cette chose putride qui avait dû être un homme, un cadavre qui gisait là sûrement depuis plusieurs semaines. On pouvait à peine se douter qu'il s'était battu dans l'autre camp tant il était semblable à eux dans son treillis d'une couleur indéfinissable, si ce n'était l'espèce de burnous en laine qui le recouvrait comme un suaire. Romain pensa tout de suite au poème de Baudelaire, « et le ciel regardait la carcasse superbe… ». Ces orbites vides qui avaient regardé ce merveilleux paysage, ce corps qui avait grimpé souplement dans ces rochers, qui avait dû aimer des femmes était devenu cette chose « brûlante et suante de poison ». Le sergent fit la grimace quand Romain demanda qu'on l'enterre ; les garçons mirent leur cheiche sur leur nez pour s'approcher de ce qui avait été un homme. On l'enterra et on continua la progression avec les deux éclaireurs de pointe en avant et deux autres sur les crêtes. Une promenade lasse et régulière. L'odeur s'estompa peu à peu pour ne laisser que ce vague parfum d'angoisse qui se mêlait au vent.

Romain avait été détaché à la Légion étrangère avec sa section du côté de Bou Saáda. Les jours passaient en siestes interminables et en longues patrouilles sans réelle utilité. Avec comme unique récompense la fraîcheur de la nuit et quelques beaux orages qui couronnaient la semaine de canicule et rafraichissaient les têtes lourdes d'ennui.

Au mess des sous-officiers, Romain écoutait les regrets nostalgiques des anciens qui avaient fait l'Indochine ; souvenirs presque larmoyants de pays de rêve où de jolies asiatiques leur servaient amoureusement des mets délicats. Elles avaient des peaux élastiques et de jolis corsages blancs et marchaient souplement, ingénument, comme des communiantes. À les écouter on avait l'impression qu'ils avaient été chassés du paradis.

Il était de très mauvais goût de ne pas dépenser presque entièrement sa solde d'officier dans des pots, organisés à tour de rôle, où l'on s'enivrait, avec juste un peu plus de distinction au mess des officiers. Il y avait ce qu'on appelle avec quelque vulgarité un BMC, un bordel militaire de campagne, composé de trois jeunes kabyles et d'une mère maquerelle très soucieuse de la réputation de ses filles. Ces dames disposaient d'une tente aménagée en bar et percevaient un pourcentage sur les consommations. Tous les mois après examen médical par un timide aspirant médecin et une fois reçus les résultats de leurs prélèvements, le bordel était officiellement ouvert. De temps en temps les demoiselles étaient reçues à la table du commandant et traitées comme des ladies. Quand elles traversaient le camp elles se voyaient parfois remettre des lettres d'amour de leurs clients et, plus que leurs passes, la vue de leurs robes colorées réconfortait des hommes abrutis de chaleur, d'ennui et souvent de pastis sans eau.

Quelquefois le commandant demandait à Romain, le plus jeune officier, et à un harki de l'accompagner à la chasse. Dans cette immense étendue de sable et de pierre qui hésitait entre la hamada et le désert, l'orage laissait par endroits des flaques où les pigeons venaient se désaltérer et il suffisait d'aller de flaque en flaque pour massacrer les pauvres oiseaux.

C'était la steppe algérienne en bas des monts des Ouled Nail. Pas d'arbres, pas de reliefs, uniquement cet immense espace, le préambule du Sahara plus au sud, comme un avant-goût du vrai désert de sable, juste de quoi vous donner la maladie du désert, puis la passion du désert et pour finir l'obsession du désert. Si l'on avait le courage de rouler jusqu'à Bou Saáda tout changeait. Le mirage devenait réalité, l'oasis avec les fleurs, les palmiers, les couleurs : c'était vraiment la cité du bonheur, comme le signifiait son nom. C'était la promesse qui donnait du courage pour aller au bout de ces marches interminables celles des anciennes caravanes ou de ces nouveaux voyageurs en tenue léopard de camouflage. Quand on voyait au loin le nuage de poussière d'un camion et qu'à la jumelle on distinguait des djellabas sur les soldats, cynique, le commandant s'exclamait : « on peut chasser encore une bonne demi-heure ! », puis on repartait vers le camp, soulagés de s'éloigner de ce mirage menaçant.

Chapitre IV

Ce jour-là, l'opération avait amené la section de Romain au centre d'une stratégie de bouclage qui leur faisait ratisser les quelques hectares d'un terrain accidenté comme on le fait à la chasse en Sologne : leur but était débusquer les derniers combattants qui auraient pu échapper au filet que leur avaient tendu plusieurs régiments. Romain marchait sans armes : son adjoint, l'adjudant-chef Schneider, sous-officier d'une grande expérience, lui avait conseillé de se débarrasser de tous les signes indiquant son grade – porte-cartes, pistolet automatique, galons visibles et la petite carabine américaine USM2, très prisée par les officiers – pour ne pas être la cible des bons tireurs à lunette. Il s'était promené un moment avec le fameux fusil américain Garand mais il l'avait trouvé trop lourd et il avait décidé de ne pas être armé au cours d'une opération : il se sentait bien comme ça, plus touriste que jamais.

L'adjudant-chef Schneider était de père allemand et de mère alsacienne. Il avait fait la guerre dans la Wehrmacht et ensuite les combats d'Indochine dans la Légion étrangère. Très grand, toujours impassible, le nez barré en plein milieu par une cicatrice qui lui donnait l'air d'un ancien boxeur, il avait un visage carré sous son béret vert. Seul militaire de carrière, il se comportait en maître sévère avec tous ces jeunes soldats, la plupart du contingent, et même avec Romain, son supérieur, en essayant de les protéger vu leur manque d'expérience du métier. Il laissait quelque initiative à Romain, mais le reprenait discrètement quand il pensait qu'il était sur le point de commettre une erreur. Leurs patrouilles se passaient toujours en parfaite harmonie, comme des véritables excursions dans un beau pays exotique sous la conduite d'un guide. Sur le plan de leurs motivations, que ce fussent de simples soldats ou des officiers, tout était relatif et on se demandait la plupart du temps ce qu'on faisait là.

Romain sut brusquement que quelque chose allait se passer car un silence s'était établi autour de lui. Il n'entendait plus ni le bruit des pas de ses hommes, ni le cliquetis discret du matériel derrière lui, ni les réflexions et les rires étouffés avec les rappels au calme de l'adjudant. Le temps était suspendu en attente de l'irrémédiable, de ce qu'on était venu chercher ici... Le choc qu'il ressentit dans la poitrine, comme celui asséné par la ruade d'un cheval, fit tourner la montagne au-dessus de sa tête et le plaqua au sol les yeux vers le ciel ; le soleil était comme un immense projecteur pendant qu'on filmait cette scène où il avait le rôle principal. Il ne sentait plus rien, il ne pouvait plus se relever, il était cloué au sol ; il était presque curieux de ce qui se passait, peut-être allait-il mourir ? Peut-être était-il déjà mort ? Il pensa à nouveau à Baudelaire. Il était là, étendu, calme et tranquille, à se redire ces vers :

Bientôt nous plongerons dans les froides ténèbres,
Adieu, vive clarté de nos étés trop courts !
J'entends déjà tomber avec des chocs funèbres
Le bois retentissant sur le pavé des cours.

Il sentit une agitation autour de lui, ses hommes l'avaient dépassé et les rafales des pistolets mitrailleurs déchirèrent son silence ; il put voir deux éclaireurs qui maintenaient un homme qu'ils avaient fait mettre à genoux. Un harki lui avait mis son fusil sur la nuque et vociférait des insultes en arabe. Romain eut encore la force de faire un geste de la main vers l'adjudant-chef pour qu'il se penche à son oreille : « Adjudant, prenez son arme et laissez-le aller ! Promettez-moi de le faire, je vous en prie… on a laissé assez de sang sur cette terre. Promettez ! ». « Mais mon lieutenant !, lui répondit l'adjudant complètement offusqué, c'est lui qui vous a tiré dessus ! » Et Romain dans un souffle : « Faites ça pour moi ou alors considérez que c'est un ordre, si du moins je suis encore en état de donner un ordre ! »

Chapitre V

Il entendait des coups sourds cogner au fond de sa poitrine, il crut que c'était son cœur qui s'affolait, mais c'était le bruit de l'hélicoptère qui l'emmenait. Un bruit rassurant et amical quand il venait à la fin des opérations chercher des blessés ou des fantassins épuisés, mais semblable au jappement des loups quand il mitraillait des fuyards dans le bled. Il vit des couloirs, des plafonds, des couloirs, des labyrinthes éclairés au néon où on le promenait dans un berceau vers la lumière éblouissante d'une grande salle où se tenaient de grands prêtres masqués attendant de dire la messe de la vie ou de la mort.

Romain voyait tout cela suspendu, comme s'il avait le dos au plafond, cherchant les suspentes de son parachute pour se diriger, immobile à regarder par-dessus ces têtes blanches penchées sur ce corps qui ressemblait étrangement au sien : sorti de son corps, il regardait de l'extérieur pratiquer l'opération qu'il aurait pu diriger s'il avait fait médecine. Romain, lui, avait fait des études classiques qui lui avaient donné la passion de la littérature.

Soudain il crut voir d'en haut la ville d'Alger comme s'il était dans le Nord atlas qui partait de Blida pour larguer les parachutistes sur la zone de saut juste derrière ; il faisait un détour par Zéralda le jour où il y avait trop de vent car dans ce cas le saut était annulé. Romain arrêta de siffler l'adagio d'Albinoni. Il voyait maintenant le dos du pilote, le dos imposant d'un homme un peu gros et grand, mais rassurant. Le pilote se retourna et Romain reconnut Saint-Exupéry. Romain lui demanda : « Que faites vous là, monsieur Saint-Exupéry, encore dans l'armée ? » Ce dernier pour toute réponse se contenta de sourire. Romain était là, au bord de la porte, à voir défiler le paysage, puis on fit un tour au-dessus des gorges de la Chiffa et sur Médéa ; comme il se penchait de plus en plus, une main le retint par l'épaule. La manche du blouson d'aviateur d'où sortait cette main était usée par la poignée de gaz d'un Spitfire ou d'un Lightning P 38, d'un bombardier américain ou d'un avion de reconnaissance. « Si vous vous foutez la gueule par terre, vous ne pourrez pas écrire votre roman…, parce que vous allez en écrire un, n'est-ce pas ? lui dit Saint-Exupéry. Écrivez, on vous répondra peut-être, l'interpella un autre passager – Laissez-le rêver, Romain ! Et vous, comment vous appelez-vous ? » Romain répondit : « Romain ». « Ah vous aussi ? Lui c'est Romain Gary, toujours entre le romantisme et le cynisme. Moi je m'appelle Albert Camus et je me demande ce que je fais dans ce charter de branquignols. » Romain, le nôtre, n'en revenait pas d'approcher ces dinosaures de la littérature. « Qu'avez vous lu ? lui demanda Romain Gary – Flaubert, Balzac, vous et un peu les autres, balbutia Romain, le nôtre – Vous avez oublié Rabelais et Victor, les meilleurs. Même si vous n'êtes que le seul à vous lire, ayez le goût du chef d'œuvre et que ce goût ne vous lâche jamais, que ce dialogue permanent avec vous-même, même s'il ne vous mène à rien, vous crée une vie idéale pleine de justice et de compassion ! Dans l'onanisme de la littérature vous trouverez la finalité à votre impuissance de faire autre chose qu'écrire »

Puis Romain Gary se leva et parcourut l'allée centrale de l'avion pour aller s'asseoir un peu à l'écart. Romain, le nôtre, une fois debout, alla marcher dans l'allée centrale pour respirer un peu. C'était un avion bizarre, moitié avion de ligne, moitié Nord atlas, c'est-à-dire avec cette grande soute dépouillée et spartiate et une rangée de sièges inconfortables le long de la carlingue. Il s'assit à côté d'Albert Camus qui regardait par le hublot défiler le paysage. Brusquement Camus s'exclama : « Regardez là, c'est Sidi Ferruch et la plage des Sables d'or, où il y a des enfants qui se baignent ; regardez il y en a un à la pointe Pescade qui saute dans l'eau au bord du quai avec son pauvre caleçon tout mouillé qui lui pend au milieu des jambes ; on les entend rire d'ici, c'était moi. » et, les yeux brillants, il tourna vers Romain son beau visage d'homme, d'honnête homme. Romain regardait la mer comme il l'avait souvent fait, cette flaque bleue immense qui fait mal aux yeux quand le soleil est au zénith. Romain Gary cria : « Vous n'allez pas nous refaire votre numéro de nostalgie ! Albert, on est tous des étrangers comme vous en Algérie et là où on va je me demande bien si on ne sera pas tous en situation irrégulière, nous aussi. » Un autre passager se mit à râler avec un fort accent américain : « Arrêtez de gueuler comme ça, on ne peut plus dormir ici. »

Romain Gary murmura à l'oreille de Romain : « Ne l'écoutez pas; lui c'est Hemingway, il va vous parler de la guerre comme les correspondants de presse qu'on trouve dans les grands hôtels et qui veulent vous faire croire qu'ils ont fait le débarquement à Omaha Beach. Il écrit très bien d'ailleurs sur les cons que sont les hommes, mais il n'a jamais été bien sûr d'en avoir une bonne paire sauf le jour où il a fumé son fusil. » Ce n'était pas très gentil pour l'auteur de tant de chefs d'œuvre et il devait y avoir une certaine jalousie dans ces propos. Romain s'endormit un court instant et le bruit d'une dispute le réveilla. « Vous n'êtes qu'un petit playboy bourgeois qui se prend pour un écrivain. » C'était Jean-Paul Sartre qui s'en prenait à Romain Gary, qui lui rétorqua : « Oh ! Vous et Simone, on ne vous a pas vus pendant la guerre; où étiez-vous ? En Suisse ? Vous n'êtes qu'un révolutionnaire de temps de paix – Arrêtez, vous m'empêchez de rêver tous les deux, vous m'empêchez de sombrer dans l'incompréhensible, pour en sortir purifié et cohérent. » C'était Malraux avec son vieux manteau en poil de chameau sur les épaules, qui avait son siège complètement basculé en arrière et la tête presque sur les genoux de Simone de Beauvoir qui tricotait, coiffée de son incontournable turban. Il maugréa encore quelque chose d'inintelligible sur l'art, la vie et la Chine et il se rendormit.

Romain revit l'homme allongé dans ce lit d'hôpital qui lui ressemblait étrangement. Bientôt il prit conscience de la blancheur des murs de la chambre et une vague douloureuse submergea son corps meurtri. Il crut que quelqu'un râlait à son oreille, et puis il s'aperçut que c'était lui qui râlait. La souffrance qu'il ressentait était bien la sienne.

Chapitre VI

Quand Romain se réveilla dans cet endroit appelé bizarrement le Val-de-Grâce, la vallée heureuse des soldats convalescents, il lui sembla qu'il avait fait un grand voyage. C'était surtout la balle qu'il avait reçue qui avait voyagé dans son corps, de sa poitrine jusqu'à sa cuisse en évitant poliment le cœur.

Tous les visages des voyageurs étaient présents dans sa mémoire et, s'il avait pu se rappeler le numéro du vol, sans hésiter il serait reparti les retrouver. Quand il sortit de l'hôpital, devenu désormais un héros qui boitait, il se rendit vite compte que la dimension nouvelle dans laquelle il devrait évoluer lui poserait d'énormes problèmes d'adaptation et pas seulement pour traverser la rue. Le seul avantage qu'il avait tiré de cette aventure, c'est que désormais pour se garer, il pourrait mettre sur son pare-brise le macaron GIG (Grand Infirme de Guerre). Mais il n'avait pas de voiture…

Pourquoi les chambres dont le loyer est accessible à des jeunes gens sans talent particulier, se trouvent-elles toujours au huitième étage sans ascenseur ? Il se disait qu'il fallait absolument qu'il retrouve tous les passagers de son dernier voyage en avion. Il fallait qu'il écrive un roman. Au moins il pourrait rester assis et arrêter de déambuler dans les rues à petits pas et surtout de monter ces huit étages qui le séparaient de son fauteuil de futur écrivain. Écrire, acte magique qui fait voir des paysages aux aveugles, qui fait courir les infirmes et rêver les insomniaques.

Romain décida que la seule activité capable de sauver le dépressif chronique qu'il était devenu, c'était de suivre le conseil de Romain Gary, c'est-à-dire d'écrire un roman. Il commença par écrire une petite nouvelle dont la bizarrerie séduisit un vieil éditeur du dix-huitième arrondissement au bord de la faillite. Il en avait édité deux cents exemplaires dont cinquante avaient été vendus à la sauvette. Même s'il parvenait à doubler le chiffre de ses ventes, comme la plupart des écrivains, sa rentabilité serait médiocre et il avait appris que la difficulté était non pas d'écrire, mais d'être lu. Depuis qu'il avait quitté l'avion où les grands auteurs avaient pris place, il s'était dit pour se consoler que les Français ne savaient plus écrire ; pas étonnant qu'ils ne sachent plus lire !

Romain devenait totalement absent, de plus en plus paranoïaque, de moins en moins à l'aise avec ses semblables. « L'enfer c'est les autres », comme disait un autre écrivain, qui, lui, vendait beaucoup mieux ses ouvrages.

Quand, toujours solitaire, il buvait une bière à une terrasse, c'était toujours un demi panaché bien blanc. Sa vie était devenue un demi panaché, quelque chose de sirupeux, d'indifférent entre la limonade et la bière, entre deux eaux, entre deux chaises, sans opinion sur rien, sans souffrance, sans danger. Il s'effaçait en croisant les gens, c'était toujours lui qui descendait du trottoir et il ne bousculait jamais personne. Même en amour, il embrassait du bout des lèvres. Il ne quittait jamais une femme, c'étaient elles qui partaient, et il n'en avait jamais éprouvé de souffrance aucune ni même de déception.

Il travaillait à mi-temps dans une petite revue de décoration et d'ameublement où il écrivait quelques articles sur les bonnes adresses pour les rideaux de douche ou les sanitaires et il souffrait régulièrement de voir son génie galvaudé par la nécessité vulgaire de se nourrir et de se loger.

Quand il téléphonait à son éditeur pour savoir l'état des ventes de son petit chef d'œuvre, le vieil homme lui répondait avec la voix caverneuse et fatiguée d'un marchand de bazar : « On ne peut pas savoir, car il y a les retours. » L'Éternel retour, c'est peut-être un bon titre, mais c'est l'angoisse des écrivains. « Après tout, se disait Romain, une œuvre littéraire qui ne plaît à personne est forcément originale. »

Personne ne l'attendait et il n'attendait personne; c'était encore cette liberté voluptueuse de l'égoïsme, juste avant que cette liberté ne se transformât en solitude, et plus tard en état dépressif classique. Il connaissait ce cheminement et il en contrariait la progression en supprimant en lui toute idée d'espérance. Ne pas rêver, c'était le secret, ne pas rêver d'une belle histoire d'amour, ne pas rêver d'un succès littéraire, ne pas rêver d'améliorer sa vie ; arrêter le temps, être un mort vivant qui boit un demi panaché ; la tristesse, l'angoisse, ne sachant plus où vous chercher, se dissipent comme la mousse de la bière.

Il se remettait régulièrement à son petit bureau devant sa page blanche. « Écrire sur quoi je vous le demande, on écrit toujours sur soi, l'écrivain ramène tout à lui, même Dieu. » Dans un livre d'un auteur tchèque bien connu il avait trouvé la recette pour écrire un roman : écrire quelques pages sur n'importe quoi le mieux possible, en y revenant comme sur la planche d'un ébéniste, et on a le début de son roman. Si on pouvait écrire sur n'importe quoi, alors pourquoi pas sur soi ! Mais dès qu'il commençait à écrire un roman policier ou un roman d'amour, tout le ramenait au même endroit, quelque part du côté de Djelfa en Algérie et le poème de Baudelaire revenait avec cette nausée un peu amoindrie mais tenace. Les vers de Baudelaire se mélangeaient avec les mots qu'il voulait écrire et ils le faisaient trébucher sur un chemin plein de gros cailloux comme la hamada où crapahutaient ses souvenirs. Il entendait déjà son éditeur lui dire : « Attention à ne pas te laisser attirer par ton goût de la poésie et du surréalisme ; tu sais très bien que dans tous les miradors à la frontière du réel tous les critiques littéraires te flingueront. Maintenant il faut du réel, un tiers de gros mots, un deuxième tiers de violence, un troisième tiers de sexe et, comme dirait Raimu derrière son bar, un quatrième tiers de drogue. » … Alors Romain écrivait un article sur une nouvelle marque de lavabo !

Il rôdait dans Paris, la plupart du temps dans le désœuvrement le plus complet, étranger à tout ce qui se passait socialement, culturellement et politiquement. À la recherche d'une rencontre, ne serait-ce que de lui-même. Il habitait un petit studio du dix-huitième arrondissement où il invitait par moments quelques visages féminins pour vivre des ébauches d'exaltation qui ressemblaient étrangement à ses débuts de roman, ce qui ne lui amenait que des petites morts et ne le motivait jamais à en faire une vraie histoire.

Chapitre VII

Les jours sont longs mais les années passent vite quand on ne fait rien de soi ni du temps. Rien que dormir sans rêver et marcher en rêvant ne l'amena à se réveiller un beau jour de mai 1968 en entendant du bruit dans la rue. Il s'était promené dans le quartier latin au milieu des émeutes en se disant que peut être quelque chose allait se passer, tant l'air était vibrant et frais comme un chahut d'enfant. Il regardait les jeunes filles courir en chaussures plates, les mollets bien ronds, mais il n'arrivait pas à décrypter chez lui la moindre motivation à participer à cette agitation, sinon en spectateur sympathisant. Il était entré dans un cinéma pour se couper de celle de la rue ; la salle était complètement vide et il y avait juste un vieux monsieur au premier rang qui avait l'air d'un clochard, venu lui aussi se mettre à l'abri. Les actualités et les images parlaient de cette révolte estudiantine : on y voyait des CRS matraquer des jeunes gens avec entrain. Le vieux monsieur vociféra : « Ah les sales cons ! » ; plus tard on voyait des étudiants faire tomber un flic d'un vélo et jeter des pavés dans une vitrine ; le vieux monsieur grogna : « Ah les jeunes cons ! » ; puis l'on vit sur l'écran le président de la République faire une intervention en ouvrant ses grands bras ; alors le monsieur conclut : « Ah le vieux con ! ». Romain sortit du cinéma avec une idée plus générale de l'événement, mais toujours perplexe sur la situation de la France à ce moment-là.

Le lendemain, il fit par curiosité un tour à l'Odéon, où il avait appris que régnait une ambiance comme jadis à la Convention. Il ne fallait peut-être pas manquer ça !

Une foule d'étudiants dans un désordre joyeux et inaudible essayait d'écouter des orateurs, qui avaient du mal à se faire entendre, depuis qu'un plaisantin avait jeté le micro en criant : « La révolution se fera sans micro ! ». Un metteur en scène notoire s'était fait sortir sous l'appellation de « valet du régime », après qu'il eut dit : « Aucune révolution ne donnera du talent à ceux qui n'en ont pas. » Un acteur, habillé comme Aristide Bruant avec un chapeau et une grande écharpe rouge, hurla : « Dans cette révolution il n'y a pas d'étudiants ! »... applaudissements; il poursuivit : « Dans cette révolution il n'y a pas d'ouvriers ! »... applaudissements nourris, et il conclut : « Dans cette révolution il n'y a pas de comédiens ! ». Et il sortit en jetant son écharpe rouge en arrière comme la cape de Rodrigue, en ajoutant toujours sous les applaudissements : « Et je me défends d'être un comédien ! ».

Romain rentra dans son petit studio tout gonflé d'un mélange d'énergie, d'optimisme et d'absurdité; il se mit à sa table de travail pour écrire quelque chose d'inoubliable, à l'image de ce qu'avait écrit un Sartre ou un Camus, quelque chose... mais la page resta désespérément blanche, éblouissante de vide; on avait fait en peinture un chef d'œuvre avec un carré noir, mais pour le Goncourt un rectangle blanc ne suffirait sûrement pas ! Il savait bien qu'un révolté n'est jamais très heureux pendant les révolutions, même si le cancre qu'il avait été pouvait participer à ce genre de monôme avec un certain détachement. « Tout détruire, ne rien reconstruire et jouer à chat sur les décombres » avait été la maxime d'un petit groupe de lycéens néo nihilistes dont il avait fait partie vers 13-14 ans. « Il est interdit d'interdire » ne le dérangeait pas vraiment ; quant à participer à la chienlit, il n'en voyait pas l'intérêt, sinon de se promener dans le désordre comme un touriste curieux. Il avait lu quelque chose d'intéressant à la Sorbonne, affiché comme un graffiti d'enfant : « Camarades vous enculez les mouches ! ». Mais le mot « camarade » lui avait toujours fait peur. Tous les camarades de Lénine n'étaient pas morts de mort naturelle. La révolution est une grosse truie qui bouffe ses petits, et les camarades sont toujours en danger. Romain aurait plutôt été enclin à chercher des amis !

Mais mai-68 fut aussi un bouleversement personnel pour Romain. Elle s'appelait Sarah, elle était juive et brune comme la nuit, assez jolie, petite et complètement hystérique, politiquement parlant. Elle portait une parka kaki, qui lui donnait l'air d'avoir fait la guerre des six jours ; toujours en mouvement, elle parlait très vite. Romain l'avait rencontrée à la terrasse d'un café boulevard Saint-Germain. Elle était attablée avec plusieurs garçons juste à côté de la table où, solitaire, il buvait son demi panaché habituel, quand soudain déboula, comme une marée, une vague de jeunes étudiants et de moins jeunes avec des casques de motards. Ils étaient poursuivis par une masse d'ombres casquées, elles aussi, avec boucliers et matraques officielles qui ravagèrent la terrasse comme une tempête d'équinoxe sur une plage bretonne. Table renversées, clients affolés et Sarah par terre, la jupe relevée sur sa petite culotte blanche, comme une enfant. Romain n'a jamais su si c'était la vision de sa petite culotte ou s'il avait été scandalisé par la brutalité des agents du service d'ordre, mais il bouscula deux CRS, dont l'un tomba par-dessus une chaise et il releva la jeune fille, en la protégeant du mieux qu'il pouvait des coups de matraque qui pleuvaient sur eux. Ils se retrouvèrent l'un à côté de l'autre à moitié assommés dans le car de police avec d'autres jeunes au milieu des rires, des insultes et des plaintes. Il saignait du nez et Sarah lui mit gentiment la tête en arrière. Il se sentait très bien, presque calme, presque heureux ; l'action avait sécrété ses enzymes euphorisants et dans les bras de cette jolie petite brune qui le regardait avec tendresse et même admiration on ne pouvait pas être mieux. Elle dormit le reste de la nuit sur son épaule au commissariat ; on leur demanda leur identité sans ménagement et on les libéra, sans ménagement non plus. Sarah faisait les Beaux-Arts ; marxiste convaincue, elle s'était jetée dans les manifestations avec gourmandise. Elle l'amena au petit matin dans une chambre qu'elle habitait rue Caulaincourt. Huit étages sans ascenseur et sous les toits ! Ils firent l'amour sous des relents de lacrymogène. Romain se réveilla le lendemain dans cette mansarde avec vue sur ces fameuses petites culottes blanches, qui séchaient sur fond de dix-huitième arrondissement. Il y avait l'incontournable poster de Che Guevara, tantôt souriant, tantôt sévère selon la lumière du jour, et beaucoup de livres. Il distingua quelques tendres Tintin et Milou à côté de Karl Marx, quelques poupées et une guitare.

Un jour, avec Sarah, alors qu'ils rentraient vers cinq heures du matin et traversaient le quartier du Marais à pied, en prenant la rue des Franc-Bourgeois elle lui montra une petite épicerie kasher tenue par sa tante rue des Rosiers et lui dit avec malice qu'elle ne pourrait jamais le lui présenter. Sa tante ne l'accepterait pas pour sa nièce…, seulement des produits kasher, pour ce qui la touchait de près. Et Romain n'en était pas un !

Il s'était aperçu que dans ce quartier juif de Paris, en remontant vers la République, là où toutes les entreprises de vêtements sont à touche-touche, tout s'allumait vers six heures du matin ou même plus tôt et le quartier bourdonnait comme une ruche. On voyait déjà les longs « portants » où pendaient robes et manteaux qu'on chargeait dans les camions. Pas étonnant que certains jaloux traditionnels de cette réussite méritée, et qui se levaient généralement plus tard, les aient mis dans des autobus pour les amener au Vél' d'hiv' où n'auraient dû tourner que des vélos ! Il se mit à penser à Céline, un de ses écrivains préférés, du moins pour le style, en se demandant où il avait été chercher son antisémitisme imbécile ; décidément le génie n'excuserait jamais la connerie !

Sarah l'emmenait boire des cafés interminables dans des estaminets du cinquième arrondissement avec ses amis étudiants. Il avait l'impression d'être un CRS invité chez des sans-papiers ou un vieux monsieur égaré dans une école communale.

Un jour, il se leva dans le soleil hésitant sur les toits de la petite chambre de bonne, Sarah dormait. Il prit ses quelques affaires, descendit le petit escalier interminable et la rue l'avala pour autre chose. Pourtant la petite Sarah lui avait redonné la curiosité et le goût du chef d'œuvre. Mais comment écrire un roman sur cette rencontre où il commençait à se ramollir dans un petit bonheur qui ne susciterait sûrement pas son inspiration.

Comment écrire un roman sur cette rencontre ? Il ne trouvait que des petites histoires sucrées sur fond de bohème. Il avait déjà oublié le mois de mai et Sarah. La feuille restait désespérément blanche et il continua à errer dans Paris à la recherche de l'inspiration. Comment draguer les muses ? Comme Pierre Brasseur dans Les Enfants du Paradis ?... « Vous avez souri ! Vous avez souri ! » Mais, même du côté du canal de l'Ourcq ou du boulevard du Temple, aucune femme ne ressemblait à Arletty.

Chapitre VIII

Du côté de Lourmarin, Saïd travaillait dans les vignes. C'était un homme, grand et beau comme les arabes peuvent l'être quand la vie les a durcis comme des oliviers, sec et dur comme le tronc et tendre comme le fruit. Son visage grave pouvait s'illuminer d'un beau sourire, même s'il était rare et toujours destiné à sa fille. Il était employé là depuis bientôt huit ans. On recherchait plus souvent d'anciens harkis pour travailler dans les vignes, parce qu'ils ne rechignaient pas à travailler en plein soleil. Ils avaient eu leur part de soleil et le soleil provençal ainsi que le mistral lui paraissaient plutôt doux par rapport au soleil de Djelfa et au vent de sable.

Il pensait souvent au petit lieutenant qui lui avait sauvé la vie et bizarrement se demandait s'il était encore vivant... Il avait marché jusqu'au petit village au sud de Bou Saáda et là il avait vraiment failli perdre la raison car toute sa famille avait été massacrée, exterminée par d'autres Algériens déjà en conflit politique pour prendre la place des Français. On avait même égorgé son chien et ses deux chèvres. Il put récupérer sa fille de deux ans chez une vieille kabyle qui vivait plus loin de là et avait été épargnée. La petite Samira dans ses bras, il prit la fuite à pied, sur le chemin d'Alger.

Il n'avait jamais su qui l'avait dénoncé comme un rallié, gracié qu'il avait été après l'anéantissement de sa Katiba. Buriné de haine et de tristesse, il avait accompagné quelques harkis vers le Maroc pour échapper au massacre; certains restèrent au Maroc, d'autres en Espagne et lui avec d'autres orphelins et sa petite parvint en Provence par un beau jour de mistral.

En situation irrégulière permanente il travaillait pour un châtelain philosophe et avec le parrainage de ce vieil aristocrate excentrique il avait pu inscrire sa fille à l'école maternelle de Lourmarin.

La petite maison de gardien dans les vignes et ce merveilleux paysage lui rappelaient un peu l'Algérie, mais cela lui faisait regretter les nuits froides, les jours brûlants de son pays, où on est deux fois plus vivant qu'ailleurs, comme si la mort et la vie bavardaient de bonne compagnie au coin du feu. Et cette musique envoûtante du vent du Sud, qui sèche le sang et l'éparpille en poussières de souvenirs. Ses blessures cicatrisaient doucement. Sa fille Samira grandissait : après l'école communale, le lycée et enfin la grande cérémonie du baccalauréat qui avait rempli de fierté son père quand il avait lu son nom affiché dans la petite cour du lycée : « Samira Ben Sharifa » ; au milieu des noms bien français ça donnait un peu d'exotisme.

Samira était une grande fille brune, qui faisait tout avec grâce et marchait avec élégance dans le village. Elle tenait à porter le foulard, l'enlevait en classe et le remettait en disant que ça la protégeait du mistral. Elle ne s'occupait que de l'Homme de sa vie : son père ; et à part ses études rien ne la préoccupait plus que le confort moral et domestique de celui-ci. Elle l'admirait et lui posait beaucoup de questions sur l'Algérie, auxquelles il ne répondait que rarement.

Un jour où il avait été assez longtemps alité à cause d'une mauvaise grippe, il lui avait raconté l'épisode du petit lieutenant français qu'il avait peut être tué. Il aurait bien voulu savoir s'il vivait lui aussi, ce qu'il était devenu..., où il était enterré. L'amertume qu'il ressentait toujours lui donnait une indépendance d'esprit totale et l'indépendance politique d'un pays pour lequel il avait lutté pendant cinq ans avait été rangée dans ses souvenirs comme de vieilles photos qu'on ne sort jamais des tiroirs.

Une femme courageuse qui faisait des ménages dans le Lubéron avait traversé sa vie pendant plusieurs années. C'était la période où Samira avait fait des études de droit à la faculté d'Avignon.

Cette femme s'était envolée, elle était morte avec ce courage qu'ont certaines femmes pour mourir, sans se plaindre, avec seulement l'inquiétude d'abandonner ceux qu'elles aiment.

Samira était maintenant avocate au barreau de Marseille. Elle avait voulu exercer ce métier par soif de cette justice qui avait tant manqué à son père ainsi qu'aux harkis qui travaillaient avec lui. Elle ne se souvenait que de la peau douce de sa mère et de la robe colorée de la vieille kabyle aux yeux bleus qui l'avait recueillie, mais ses souvenirs étaient aussi troubles que le regard de la vieille dame.

Saïd continuait à travailler dans les vignes de Loumarin en regardant le soleil en face. Il marchait dans les rangées de vigne en se souvenant des progressions lentes de la Katiba, quand tous les sens sont à l'affût, qu'on est tour à tour gibier ou chasseur. Mais là le bruit assourdissant des cigales le libérait de toutes ses angoisses, ne lui laissant que cette ancienne nausée, seul petit désagrément dans ce paradis. Quelquefois, à l'ouverture de la chasse, les coups de fusil de chasseurs de grives le faisaient se réfugier dans sa petite maison et il se couchait en sueur comme s'il avait un accès de fièvre.

Un jour il tomba vraiment malade et resta alité plusieurs semaines. On diagnostiqua une insuffisance cardiaque et bientôt il s'endormit, baigné des larmes de sa fille. Saïd avait été loyal avec son pays, pour lequel il s'était battu, loyal avec sa culture et sa religion, loyal avec sa fille. C'était un honnête homme. Le travail qu'il faisait, tailler les vignes avec adresse, sans hésitation, ni trop court, ni trop long, sans erreur pour les rameaux qu'il fallait garder ou ceux qu'il fallait sacrifier, était le reflet de son honnêteté.

Avant de mourir, dans ses dernières conversations avec Samira Saïd avait évoqué le petit lieutenant de Djelfa qui lui avait permis de continuer à vivre. Il pensait avoir une dette envers lui. Il ne se souvenait que du nom de l'adjudant de la Légion, le béret vert qui était son assistant : « L'adjudant-chef Schneider ». Schneider, ça devait être un nom allemand. C'était tout ce dont il se souvenait. Schneider ! Il y avait beaucoup d'Allemands à la Légion, du moins pour les plus âgés, aujourd'hui les plus jeunes étaient plutôt des Russes.

Chapitre IX

Romain lui avait épousé une bourgeoise du Sud-Ouest ; après tout il portait la médaille militaire qui s'était vite transformée en Légion d'honneur. Avec ce genre de breloque il avait pu évoluer plus facilement dans le milieu bordelais. Mauriac ! Comment écrire comme Mauriac ? Mais même si sa veste en tweed venait de chez Old England, qu'il portait des Churchs et qu'il avait approché la faune mauriacienne, il ne trouvait pas l'inspiration. Petit à petit son anticonformisme, sa nonchalance et son indifférence par rapport aux préoccupations bourgeoises de son entourage firent que tout cela finit par un divorce et sa réputation de malotru, de raté, confirma l'opinion que sa belle-famille avait toujours eue de lui.

Romain repartit pendant plusieurs années dans la solitude et l'égoïsme à la recherche de l'inspiration. La province ne lui avait pas suggéré un chef d'œuvre comme à Flaubert. Il se retrouva à Paris pour vérifier si cette ville avait toujours été une fête comme Hemingway le suggérait. Hemingway ? La guerre, les guerres, les corridas, l'Espagne, Cuba, tout cela c'est de la littérature, mais c'est bien écrit. Il est des gens pour croire que la guerre fait de vous un homme ou un écrivain ; Romain, lui, avait l'impression d'être un enfant qui avait été très malade.

Romain perdit ses parents à six mois d'intervalle, d'abord son père, dont le cœur s'arrêta, et sa mère qui le suivit comme elle l'avait toujours fait. Épisode de la vie que chacun vit à sa façon, bien que ce soit toujours la même chose ; proches éplorés ou indifférents égrenant les mêmes banalités : « Il est mieux là où il est », « on est peu de chose », tout un lot de phrases creuses pour meubler le fait que dans chaque enterrement on ne pense qu'à sa propre mort. Romain était resté les yeux secs pendant toute la cérémonie, en pensant avec inquiétude au destin de l'étranger d'Albert Camus, mais il fut rassuré quand les larmes lui montèrent aux yeux après le départ de tout le monde et qu'il put tout à loisir pleurer sur son enfance. Sa mère n'était pas tout à fait la même que celle de Romain Gary et quand il était venu la voir en arborant sa Légion d'honneur toute neuve elle n'avait pas trouvé autre chose à lui dire, ne sachant pas du tout à quoi correspondait ce petit ruban : « Tu aurais pu t'habiller autrement et te faire couper les cheveux. » Elle avait toujours le réflexe, même quand il avait près de 50 ans, de lui demander : « Tu t'es lavé les dents ? »

Romain aurait bien écrit son chef d'œuvre à partir des souvenirs qu'avait fait renaître la mort de ses parents, mais il s'aperçut que l'enfance l'adolescence et toute la vie ne laissent que des souvenirs confus et que tout s'efface en ne gravant précisément que des détails : un jouet, le petit traîneau de Citizen Kane, « rose bud », des baisers d'enfant, des odeurs, un chat, mais rien pour écrire Les Misérables ou David Copperfield. Mais il est toujours là, l'enfant qu'on a été, il est là, à côté de vous à jouer aux billes ou à faire des bêtises. La nuit, il pleure tout doucement contre vous, et c'est vous ! On lui dit de se taire au lieu de le consoler. On croit le quitter pour des aventures de grandes personnes, mais il vous attend en culotte courte, les ongles sales, au coin de la rue, et il se moque de vous. Il crache sur vos chaussures bien cirées, il raye votre voiture et c'est vous ! Le soleil des enfants pâlit dans le ciel d'hiver, comme le regard des vieux qui s'éteint en perdant la lueur de la vie. Mais il est toujours là, l'enfant, assis au bord du trottoir à vous lancer des pierres et des jurons, et c'est vous !

Il n'y avait rien dans sa vie pour lui donner la matière d'un grand roman, mais ce n'était pas la peine de vivre des choses exceptionnelles pour écrire ; peut-être même le fait d'avoir une vie banale pouvait-il stimuler l'imagination et faire surgir la vie qu'on aurait voulu vivre, ou alors peut être toutes les vies sont-elles dignes d'être le sujet d'un roman ! Ça dépend de la façon dont on les raconte ; il écrirait donc sur lui, donc sur tout le monde, mais comment faire pour que ce ne soit pas ennuyeux. Et merde ! L'important c'est de mettre en musique les mots comme des chansons. Il avait présenté une toute petite nouvelle à une éditrice un peu branchée, qui lui avait dit : « Ça va dans tous les sens, je ne vois pas qui ça pourrait intéresser. » Il lui avait répondu : « Est-ce que la vie ne va pas dans tous les sens, madame, pour finir dans un sens assez imprécis et complètement inconnu des lecteurs ? Alors n'essayez pas de mettre de l'ordre dans mon futur chef d'œuvre. »

Chapitre X

Samira avait donc appris de son père que le régiment qui était près de Bou Saáda était le deuxième REG (Régiment Étranger du Génie), l'adjudant-chef Schneider venait de ce régiment. Elle finit par savoir que ce régiment une fois rentré en France s'était installé à Saint-Cristol pas bien loin de Lourmarin. Elle décida de s'y rendre et de se renseigner sur ce Schneider. Le régiment était sur les hauteurs derrière Apt, là où, en été, il fait un peu plus frais et où, en hiver, il fait vraiment un peu froid pour la Provence. La sentinelle du poste de garde ressemblait à Jean Marais dans L'Aigle à deux têtes, figé et impénétrable avec un regard passionné. Il confia Samira à un sergent très aimable, qui lui-même, sans autres formalités, la fit entrer dans le bureau du lieutenant-colonel commandant le régiment. Ces soldats-là ne sont pas indifférents à ce genre de scénario romantique et, après que Samira lui eut résumé simplement l'objet de sa visite, le colonel se mit avec intérêt à la recherche de la trace de l'adjudant Schneider. Il la laissa dans le bureau avec un jeune secrétaire derrière une machine à écrire, qu'il ne devait pas taper avec plus de deux doigts, lui aussi figé, la chemise impeccablement repassée avec dans le dos les plis de la largeur d'une boîte d'allumettes; les yeux clairs, souriant, il lui demanda : « Voulez-vous un verre d'eau ou un café ? » avec un accent qui venait indiscutablement de l'Est. « Vous êtes russe ? » lui demanda Samira. « Non, je suis légionnaire » lui répondit le jeune homme. Il la regardait avec un sourire admiratif et respectueux. D'ailleurs elle s'était aperçu en traversant la cour que tous les légionnaires qu'elle croisait, et qui ne voyaient pas beaucoup de femmes dans cet univers, n'avaient pas ce regard qu'ont les hommes à Aix, à Marseille ou ailleurs, détaillant les femmes avec impolitesse et arrogance. Ici on la regardait avec la bienveillance de ceux qui redécouvrent la grâce dans ce milieu austère où le bonheur n'est qu'un souvenir. Quand le lieutenant-colonel revint après avoir téléphoné aux archives, il dit à Samira que l'adjudant-chef Schneider était dans une maison de retraite pour anciens militaires du côté de Montpellier...

Elle s'y rendit en prenant un train poussif qui s'arrêtait à chaque gare. L'endroit était aussi triste qu'une maison de retraite peut l'être, mais avec un petit côté caserne, peut-être pour ne pas dépayser les locataires. Quelques pensionnaires en pyjama qui déambulaient dans les couloirs conservaient une vareuse ou une capote militaires qui laissaient deviner leur passé. Le bâtiment était silencieux, avec quelques murmures et quelquefois un rire, qui résonnaient au fond du hall. Une infirmière indiqua à Samira la chambre de l'adjudant en la prévenant qu'il pourrait être d'un commerce assez difficile au niveau de la conversation, et même colérique. Premiers signes d'Alzheimer ? Elle frappa à la porte. « Entrez ! » lui répondit une voix avec un fort accent teuton. Il était là devant la fenêtre; les vieux sont toujours devant les fenêtres comme de vieux chats qui cherchent la chaleur et le soleil. Il n'avait pas l'air si méchant que ça. Samira lui expliqua l'objet de sa visite. « Ah ! Le petit sous-bite, oui Delfosse, Romain Delfosse qu'il s'appelait, ce n'était pas un guerrier celui-là, mais rudement sympathique. Il m'avait dit : "Mon adjudant, je n'ai pas appris grand-chose aux EOR (École des Officiers de Réserve), c'est vous le chef de section." Quel branleur ! Il manquait beaucoup d'autorité. Il envoyait le bouchon un peu loin et la discipline aurait pu s'en ressentir. En base arrière à Alger, un jour il avait accroché les permissions de quarante-huit heures à la porte de son bureau, comme du papier-chiottes, pour que les gars qui voulaient partir les prennent sans avoir à lui demander. J'avais un mal fou à le faire se lever les jours d'entraînement et, quand le commandant me demandait où était Delfosse, j'étais obligé de mentir, en lui disant qu'il était là il y a cinq minutes. Un touriste qui regardait le paysage quand on était en pleine opération ! Je sais qu'il s'est marié du côté de Bordeaux. Vous êtes bien jolie mademoiselle, comment vous appelez-vous ? » Elle répondit : « Samira Ben Sharifa – ça sonne bien, ça sonne comme des souvenirs. » Puis il reprit sa contemplation à la fenêtre.

Samira retourna à Marseille. Elle regardait la mer en pensant au pays de l'autre côté, un pays qu'elle ne connaissait pas mais dont elle avait la nostalgie. Les pieds noirs qu'elle avait rencontrés avaient cette même nostalgie, mais mêlée d'amertume ; bien sûr, elle connaissait l'histoire de la guerre d'Algérie, l'officielle… mais qui ne tenait pas compte de cette ambiguïté passionnelle des communautés qu'elle ne parvenait pas à déchiffrer. Bientôt tous les acteurs de ce drame allaient disparaître comme son père, sans qu'elle puisse savoir à quoi ce sentiment d'injustice la rattachait, sentiment également partagé par ces Français qui avaient débarqué avec leurs petites valises.

Chapitre XI

Romain avait 60 ans et il continuait à se promener dans la vie sans aucune utilité pour lui-même et, plus grave, pour les autres. Il avait eu deux enfants de sa femme, deux filles ; elles vivaient avec leur mère et ne lui témoignaient aucune tendresse, influencées qu'elles étaient par sa belle-famille. Il aurait pu écrire un roman comme *Le père Goriot*, mais il n'était pas dans la même situation, n'ayant rien à laisser à ses filles en héritage qui eût pu susciter leur avidité. Encore une piste impossible, même avec une vieille robe de chambre, comme ce cher Balzac.

Romain déménagea pour le sixième arrondissement, non loin de Saint-Germain. Là peut être que l'inspiration viendrait, à la terrasse du Flore ou en face chez Lipp. Le Procope n'était pas loin, ce quartier sentait le prix littéraire.

Un après-midi, il s'était assis dans le jardin du Luxembourg au milieu des mamans qui surveillaient leurs bambins pour qu'ils ne prennent pas le large sur leurs petits voiliers et des couples d'étudiants s'embrassant goulûment, comme pour faire étalage de leur jeunesse et de leur bonheur devant un vieux solitaire comme lui ; il avait retrouvé Sarah, avec vingt-cinq ans de plus. Elle ne portait plus sa parka kaki, mais un trench de chez Burberry et des chaussures de chez Céline. Romain se dit qu'elle avait dû renoncer aussi à ses petites culottes blanches et à chanter l'Internationale place de la République. Elle était mariée et avait trois grands enfants. Elle habitait dans le septième arrondissement derrière l'Assemblée Nationale. Elle était toujours pour le peuple mais ne vivait plus avec lui, comme de nombreux élus de son bord. Elle était toujours aussi vive, mais dans son regard Romain discerna une tristesse qu'elle n'avait pas quand elle défilait en criant : « CRS – SS ! ». Elle lui parla de ses soucis domestiques, de son mari, un homme d'affaires qui se plaignait du contexte économique français et voulait s'établir en Belgique. Les escaliers de la petite chambre de bonne montant jusqu'au huitième auraient été impossibles à grimper aujourd'hui pour l'un comme pour l'autre. Ils se quittèrent comme deux anciens amis, sans vrais souvenirs en se disant : « À la prochaine révolution ! ».

Romain vivait avec sa pension de GIG, ça et quelques articles publicitaires pour une revue sur la décoration. Ainsi, sa future retraite devait lui enlever l'inquiétude de sa subsistance. Il avait de quoi vivre jusqu'à sa mort à condition de ne rien dépenser. Il fallait quand même y penser à sa retraite et fournir la justification de l'activité de sa pauvre vie, de son inutilité dans la société; mais souvent il se disait qu'un pays qui parle toujours de retraite n'est pas près de gagner la guerre. Quand il allait toucher sa pension, il ne pouvait pas s'empêcher de boiter beaucoup plus qu'il ne le faisait d'ordinaire.

C'était un réflexe pour avoir l'air de mériter cette aumône.

Il est vrai que quelquefois, quand il marchait dans la rue au milieu de la foule indifférente, sans croiser aucun regard, aucun sourire, il sentait le vide de son inutilité, de son insignifiance s'ouvrir sous ses pas, comme s'il n'existait plus. Il était un visiteur d'une autre planète, un visiteur invisible, que les passants traversaient comme le passe-muraille de Marcel Aymé : Mais là, ce n'était pas lui qui traversait le mur, c'étaient les autres qui passaient à travers son corps. Son grand-père qui avait travaillé pendant quarante ans comme tourneur dans une grande usine était mort à son premier jour de retraite avec le cadeau que ses camarades d'usine lui avaient offert, tout juste posé sur son buffet. Pourquoi tant d'efforts, tant de sueur pour d'innombrables labeurs, pour finir comme le jeune Werther à se dire que les vétilles de la vie ne valent même pas l'effort qu'on fait pour respirer ?

Un autre jour Romain était assis à la terrasse du Flore et prenait un demi panaché comme d'habitude. Il regardait son reflet dans la vitre qui donnait sur la rue ; il avait changé et, bien que son visage rond eût gardé quelque chose d'enfantin, les années avaient fait leur travail en lui dérobant presque tous ses cheveux, du moins ceux du dessus, pour ne laisser qu'une garniture monacale sur les tempes. Il coiffait en arrière sans scrupule ce qui restait de sa chevelure car il n'avait jamais pu supporter la façon de se coiffer de ce président de droite ou de ce premier ministre de gauche, qui portaient une mèche ridicule, barrant leur cerveau, pour camoufler leur misère capillaire. Comment faire confiance à la sincérité des idées qui pouvaient naître dessous ? Romain n'avait pas trop grossi et gardait une silhouette assez svelte, même si un léger ventre commençait à pointer et lui avait fait élargir les pantalons et reculer le bouton de la veste du costume démodé qu'il portait toujours. Il se disait que dans l'environnement de ce célèbre café l'inspiration devait normalement arriver. L'indifférence qu'il avait pour toutes les idéologies religieuses et politiques (ce qui est plus ou moins la même chose, du moins dans le communisme) ne lui permettait pas d'emprunter la piste de nombre sujets qui avaient été traités à cette terrasse légendaire par quantité d'intellectuels. Il se sentait étranger et donc non respectable, comme un gitan ou un indien d'Amazonie. Mais alors pourquoi ne pas écrire sur l'indifférence ? L'indifférence est respectable, elle ne fait de mal à personne et bien sûr pas de bien non plus. On ne risque que la condamnation pour non-intervention dans un monde en danger. Pendant qu'il buvait sa bière, sur le trottoir un petit chien qui attendait sagement que sa maîtresse achète un journal au kiosque le fixait du regard. C'est vrai que les chiens le regardaient toujours, ou alors peut être que c'était lui qui les regardait le premier… Mais il se sentait proche de ce regard, il avait toujours eu l'impression que c'était son semblable, que dans ce regard il y avait une question qu'ils se posaient tous les deux : « Qu'est-ce que c'est que tout ce bordel ? ».

Romain tournait en rond et ses mots avaient plutôt tendance à jouer une valse hésitante, qui finissait pas lui faire déchirer la page qu'il venait d'écrire. Même la banalité d'une histoire quelconque pouvait être à l'origine d'un chef d'œuvre si toute l'humanité pouvait se reconnaître dedans. Écrire quand vos mots s'envolent de lecteur en lecteur comme si on volait d'un regard à un autre regard, ça élargit l'horizon. Mais pour Romain l'horizon s'était rétréci un jour de plein soleil du côté de Bou Saáda ; sa vie n'était qu'un petit supplément, une erreur de coordination, un sursis. Faulkner se bourrait la gueule et écrivait des chefs d'œuvre, ce n'est pas avec un demi panaché que Romain allait commencer le sien. Donc, un beau jour, il s'installa à la terrasse de la Closerie des Lilas, et cette fois, il commanda un demi sans limonade. Il commença à écrire avec son gros stylo Montblanc en pensant que la machine à écrire ou l'ordinateur étaient l'instrument de beaucoup d'écrivains. La plume d'oie et la Sergent-Major qui faisaient des pleins et des déliés avaient l'élégance de la forme, même si le fond en manquait. Il en était là quand une petite jeune fille en duffle-coat qui était debout devant la terrasse s'approcha et lui demanda : « Vous êtes écrivain ? ». Il eut envie de répondre : « Non, je suis ancien combattant », mais elle avait l'air si sympathique, avec son visage frais d'étudiante sans artifice, le visage des enfants quand ils ont fini de jouer et qu'ils s'arrêtent pour souffler, tout roses de bonheur. Elle s'assit sans hésiter à sa table et il ne put que, amusé, lui demander ce qu'elle voulait prendre. Elle demanda une bière sans hésiter non plus. « Vous savez je suis folle d'Hemingway et en vous voyant écrire à sa place, j'ai voulu vous parler : ça ne vous dérange pas ? Vous aimez Hemingway ? ».

Romain lui répondit : « Je l'ai croisé un jour dans un avion qui n'allait nulle part, mais nous n'avons jamais eu une vraie conversation. » Elle le regardait avec des yeux admiratifs comme s'il était le héros de *L'Adieu aux Armes*. Elle s'appelait Évelyne et elle avait 18 ans, elle suivait des cours préparatoires de littérature à la Sorbonne. Après elle ferait des études classiques, de ces études qui ne spécialisaient jamais personne et faisaient d'un bachelier un prix littéraire ou un chômeur. Elle demanda à Romain : « Est-ce qu'il faut vivre et souffrir pour écrire un roman ? ». Romain lui répondit que, toutes proportions gardées, 'il lui semblait avoir vécu et souffert, mais qu'il n'avait toujours pas trouvé l'inspiration pour son chef d'œuvre. « Il y a beaucoup d'écrivains, poursuivit Romain, qui ont vécu sans trop souffrir, mais dont l'imagination a suffi pour leur faire écrire des chefs d'œuvre ; d'autres qui se sont construit des souffrances métaphysiques ou physiques avec l'alcool, la drogue ou simplement l'angoisse de la mort ou de la vieillesse. Un peu comme ces acteurs de l'Actor's studio, vivant confortablement et gagnant honorablement leur vie et qui jouent dans leurs cours d'art dramatique l'hystérie, la violence ou l'angoisse : le théâtre de la vie, sans le danger de la vie. Alors qu'une bonne guerre ou une maladie grave peuvent vous donner plus naturellement matière à chef d'œuvre. Dans le ciel bleu permanent d'Hollywood, avec de belles voitures et de beaux appartements, les scénaristes et les acteurs arrivent quand même à s'arracher des larmes et ce sont de vraies larmes car la vie peut à tout moment faire basculer leur paradis. Plus on vit dans l'illusion et dans le rêve, plus le contact avec la réalité peut être brutal et générer soit le drame soit un bon sujet de roman ».

Romain, avec son côté blasé qui pouvait passer aux yeux d'une jeune fille pour une attitude plutôt décontractée, avait l'air d'amuser énormément Évelyne. Elle lui expliqua que les garçons de son âge hésitaient entre l'angoisse d'être à la hauteur sexuellement et la peur de l'avenir, ce qui gâtait énormément le présent qu'ils auraient pu vivre avec elle. Elle lui expliqua qu'un vieux monsieur comme Romain avait plus de romantisme qu'un jeune, au même titre qu'un toréador, un cascadeur, un aviateur, un alpiniste, enfin tous ceux qui ne sont pas loin de la mort. Tout ce qui a le goût de mort et déjà de pourriture ou de terre, un très vieux bourgogne ou les truffes, peut être considéré comme rare, recherché et cher. « Ma chère Évelyne, répondit Romain, du temps d'Hemingway, du temps de sa bohème, quand il avait faim, disait-il, et qu'il écrivait *Paris est une fête*, on voyait beaucoup de “gueules cassées” de la guerre de 14-18 à la Closerie des Lilas, des gueules qui vous auraient beaucoup plu. La mort était encore dans leur regard, et quand on leur tapait sur l'épaule son odeur s'échappait comme naguère la poussière de leur uniforme. L'intérêt de la Closerie des

Lilas, à part l'ombre de l'arbre, c'était ce métissage entre les militaires et les poètes, comme si la souffrance et l'absurdité de ce qu'ils avaient vécu dans cet enfer leur donnaient le besoin de traduire tout cela en poésie. La fraternité entre une pauvre gueule cassée et un poète découlait naturellement de cette absurdité. » Evelyne regardait avec avidité et tendresse Romain, qui aurait pu être son grand père.

Elle se leva brutalement en lui disant qu'elle était en retard pour son cours ; elle l'embrassa furtivement sur la bouche, comme les parents anglo-saxons embrassent leurs enfants, sans oublier de lui griffonner son numéro de téléphone sur une serviette en papier, et lui demanda de lui donner le sien, ce qu'il fit avec mauvaise conscience. Romain resta là encore une heure ou deux en pensant à cette rencontre rafraîchissante. Il faisait froid et humide ce jour-là. C'était comme si la jeune fille lui avait soufflé on ne sait quelle énergie par ce petit baiser et qu'il avait retrouvé le goût du chef d'œuvre. Il se mit à écrire l'histoire d'une rencontre, celle de la rencontre dans un café dans les années vingt d'une jeune fille avec un aviateur qui portait une grande balafre qui lui traversait le visage comme une signature du destin. C'est fou comme les cicatrices sont appréciées par les femmes, tout comme les décorations par les hommes : d'ailleurs la cicatrice est une décoration, une trace de l'exploit, un rappel de la vie du héros gravé sur son corps, qu'on peut lire en le croisant, en imaginant la chute de l'avion, la rafale de mitrailleuse, l'obus de mortier ou Dieu sait quel combat singulier à l'arme blanche. Romain se rappelait un vieux barbier du côté de Pigalle qui rasait à l'ancienne au coupe-chou avec la serviette chaude. Après la voluptueuse friction avec cette lotion à l'odeur vulgaire de lilas, il demandait : « Je vous fais une petite coupure ? » Une légère balafre sur la joue donnait aux vrais hommes du quartier un air encore plus viril.

La jeune fille de son futur roman ressemblait étrangement à Évelyne. Les écrivains s'approprient les visages qu'ils rencontrent, les nourrissent, les surveillent, et quand ils en ont besoin ils les habillent à leur façon, les mettent dans le décor de leur choix et leur font vivre les vies qu'ils désirent : comme Dieu, ils écrivent les destinées. Si les passants savaient en croisant un écrivain qu'un peu de leur âme pouvait être dérobé, ils se méfieraient, comme ces peuplades primitives qui ne voulaient pas se faire photographier. Pour Romain, même s'il ne revoyait pas Évelyne, elle lui appartenait ; mais là, il faisait de l'Hemingway !

Elle l'appela le lendemain avec sa voix cristalline et ils se donnèrent rendez-vous pour déjeuner chez Lipp où ils prirent comme entrée le classique hareng pommes à l'huile. Elle était tellement fascinée par Hemingway qu'elle était devenue, tel son écrivain préféré, très curieuse de toutes les guerres, phénomène naturel et perpétuel de la nature humaine. Elle avait deviné dans le regard de Romain cette tristesse et ce cynisme qui transforment des soldats en soudards ou en poètes. Bien sûr, Romain ne fit rien pour la dissuader du romantisme qu'elle avait cru déceler en lui. Il lui raconta son unique campagne, en s'identifiant à Pierre Bézoukhov dans *Guerre et Paix* pour ce qui est de la maladresse et de la curiosité ; mais, quand il évoquait son expérience militaire, les vers de Baudelaire revenaient et la nausée gâchait la fin du repas. Il n'était pas du genre discret, à garder pour lui des douleurs secrètes avec la gravité de ceux qui ont traversé de grandes épreuves. Qu'est-ce que Romain pouvait raconter sur la guerre ? Qu'on l'avait envoyé plus au sud, qu'il s'était baladé dans un beau paysage sans but précis, qu'on lui avait tiré dessus, qu'il avait été très malade et que maintenant il avait toujours mal au cœur, comme disent les enfants quand ils ont envie de vomir, ce qui à la vérité n'a rien à voir avec le cœur mais plutôt avec la vésicule biliaire, ou alors peut être Romain avait-il mal à l'âme ?

Ce jour-là, un vendredi ensoleillé, Évelyne avait voulu aller aux Invalides pour voir le tombeau de Napoléon et ils s'étaient retrouvés tous les deux dans la grande salle du tombeau où leur conversation, même chuchotée, résonnait comme dans une église. « Quel personnage romantique que ce Napoléon ! » murmura Évelyne. Romain mettait toujours des réserves aux admirateurs inconditionnels de l'empereur.

Celui-ci l'avait déçu quand pour des raisons tactiques et prophylactiques il avait commandé de fusiller les filles de joie qui suivaient l'armée en Égypte, sans compter l'exécution de deux ou trois mille Turcs sans défense à Jaffa, ainsi que tous les chiens qui l'empêchaient de dormir dans cette ville. Il en faut des morts pour faire tous ces grands tableaux de batailles dans les musées, où les bouches muettes des blessés hurlent d'anciennes douleurs et où les cadavres ne sentent plus cette odeur si précise dans les narines de Romain, mais seulement l'encens des églises ou l'odeur de ces cathédrales de la culture pleines de courants d'air. Il faut mettre de temps en temps en jachère la culture intensive, ça peut épuiser le sol. Quand on pense à l'une de ces fantastiques batailles, Austerlitz ou Wagram, on ne se rappelle que l'épopée comme dans les romans, même si Tolstoï décrit les souffrances après l'explosion guerrière, la charge colorée et tous ces uniformes, tous ces soldats en uniforme, costumés en acteurs de théâtre. Mais quand le rideau est tombé et que les gémissements retentissent, que les plaies s'infectent, que les agonies se prolongent, le tableau perd les couleurs chatoyantes de la peinture à l'huile pour devenir une espèce de lavis, c'est-à-dire une peinture à l'eau qu'on aurait laissée sous la pluie et où les personnages dégoulinent de larmes.

« Tu vois Évelyne, je veux bien mourir à la première charge, mais pas un mois plus tard de septicémie dans un hôpital de campagne ». Évelyne le regardait avec tendresse et Romain adorait se promener avec elle en boitant exagérément, comme si elle promenait son père, ce héros qui aurait fait toutes les guerres. Dommage qu'il ne portât pas la minerve d'Eric Von Stroheim dans *La Grande Illusion* ! Une autre fois Évelyne et lui étaient à la terrasse d'une des brasseries en face de l'École militaire à côté de l'avenue Bosquet, ce quartier où l'on rencontre de timides sous-lieutenants dans des uniformes sans élégance, les cheveux courts, le regard clair et franc, qui se pressent vers des tâches inconnues, mais toujours subalternes. Romain les trouvait toujours sympathiques, ils semblaient perdus au milieu des bourgeois du septième arrondissement et de leurs enfants décontractés, branchés, mais bien élevés. L'École militaire, les Invalides, les grandes avenues haussmanniennes pouvaient avec un peu d'imagination retentir des fanfares martiales et du bruit des sabots sur la chaussée.

Évelyne était toujours aussi admirative et elle lui prenait souvent la main, mais ils se quittaient en fin d'après-midi car ils ne sortaient jamais ensemble le soir. Ce jour-là ils allèrent voir les armures du musée des Invalides ; toute cette merveilleuse quincaillerie qui recouvrait les chevaliers faisait une haie d'honneur à ce vieux monsieur et à cette jeune fille. Au passage d'Évelyne et de Romain les heaumes et les casques donnaient à ceux qui les portaient un air terrible et sévère. Aujourd'hui ces derniers avaient l'air de s'ennuyer et les regardaient en semblant les supplier : « Sortez nous de là ! ».

Romain n'en voulait pas à l'armée, même s'il n'était pas aussi militariste qu'Évelyne. Le quartier des Invalides semblait être celui qui aurait le mieux convenu à Romain, un ancien combattant et qui plus est un grand blessé de guerre,. Dommage que les loyers y fussent si chers !

Un autre jour, ils allèrent voir un film de Rudolph Valentino au musée d'Orsay. Évelyne décidément aimait les vieux car elle tomba immédiatement amoureuse de Valentino. La salle était pleine de jeunes étudiants curieux des choses d'autrefois. Quand Valentino apparut dans son premier gros plan, le silence s'installa parmi ce jeune public admiratif et étonné devant ce visage intemporel, pas du tout démodé pourtant ; tous étaient captivés par l'ambiance magique du film muet, accentuée par un certain humour. Le pianiste qui accompagnait le film, et qui devait souffrir d'être dans l'ombre par moments, se déchaînait dans des accords qui n'étaient pas du tout en rapport avec ce qui se passait sur l'écran. Ils sortirent, tous deux la tête pleine de cette poésie désuète qui fait que la vie n'est qu'un film muet sur lequel on met des paroles qui s'envoleront un jour ou l'autre. Quand Romain la raccompagna au métro, Évelyne l'embrassa plus tendrement que d'habitude, ils n'échangèrent pas une seule parole pour ne pas dissiper le charme qu'avait produit ce film sans mots.

Romain s'assit à son petit bureau Napoléon III et commença à raconter l'histoire de ce grand blessé de la guerre de 1914 qui avait rencontré une jeune fille à la Closerie des Lilas Chaque fois qu'il écrivait il essayait toujours de commencer par une phrase vraie comme le préconisait Hemingway. Pas toujours facile de définir pour soi-même ce qu'on peut considérer comme une phrase vraie : mis à part « j'ai faim », « j'ai froid », « j'ai chaud », « j'ai mal », qu'est ce qui est vrai dans la vie ?

Pour Romain qui rêvait beaucoup, rien n'était plus vrai que le rêve. Dans la journée il avait l'impression de continuer de rêver et il se disait que le réel est encore plus réel dans les rêves.

Dans l'histoire d'amour qu'il racontait, il n'arrêtait pas de faire ce genre de digressions et il se demandait si c'était bien la bonne façon d'écrire un roman ! Hemingway, lui, avait la bonne manière de décrire simplement les personnages, les lieux et de raconter une histoire. Romain s'avouait que quelquefois, à la lecture des grands auteurs, et particulièrement à celle d'Hemingway, il avait osé sauter des pages. Il préférait plutôt les pensées que les descriptions, et les sentiments que les décors. Pas étonnant que presque tous les romans d'Hemingway soient devenus de grands films ; au cinéma on prenait tout en bloc, sans avoir besoin de sauter des pages. Toute sa vie Romain avait divagué, c'est-à-dire qu'il avait changé de vague ; toujours entre la nouvelle et la dernière vague, il faisait de la littérature impressionniste, la moins commerciale. Tant pis ! Il fallait quand même l'écrire ce roman, même si les souffrances du vieux Werther qu'il était c'était surtout d'écrire. Il se remit à écrire l'histoire d'amour de ce grand blessé et de cette jeune fille ; pourquoi pas une infirmière ? D'accord c'est un cliché ! L'infirmière qui console le pauvre soldat dans son lit et lui procure peut être des érections dans son coma, comme les adolescents en ont dans leurs rêves ! Il essaya d'extraire de sa mémoire les détails de son hospitalisation, mais ces détails laissaient de plus en plus la place au souvenir d'un vieux film en technicolor à la mise en scène naïve, made in Hollywood : les infirmières trop bien coiffées et les draps qui viennent d'être changés. Non, son héros n'a pas rencontré la jeune fille à l'hôpital, on y mange trop mal. Et si c'était une espionne ? Une Mata Hari, qui a fait pleurer les soldats en se remaquillant dans le reflet du sabre de l'officier commandant le peloton d'exécution ! Quel gâchis de voir mourir une si belle femme ! On supporte plus facilement une hécatombe absurde dans les Flandres que la perte d'une seule belle femme, même s'il s'agit d'une espionne ; il n'y avait pas de quoi fouetter un chat dans le cas de cette chère Mata Hari. Les secrets militaires de ces vieilles badernes, qui ont envoyé à la mort des milliers de jeunes conscrits et qui ont donné leurs noms à des boulevards, ne devraient pas faire payer ce prix à la grâce et à la beauté.

Quelquefois Romain allait chercher Évelyne à la sortie de la Sorbonne et quand elle l'embrassait, revêtue de son duffle-coat, son cartable à la main, on ne pouvait penser qu'à un grand-père qui venait chercher sa petite-fille. Ils descendaient le boulevard Saint-Michel en mangeant des marrons ou allaient prendre une glace rue Saint-Benoît. Ils se quittaient vers sept heures et demie et Romain rentrait chez lui pour continuer l'histoire d'amour entre l'aviateur et la jeune fille. Un jour, alors qu'il attendait Évelyne devant l'amphithéâtre, elle sortit comme d'habitude, comme les enfants qui explosent de l'école communale, et se dirigea vers Romain : elle ralentit soudain et s'arrêta presque, surprise, pâle et gênée, en regardant un homme de l'autre côté de la rue. D'une taille plutôt athlétique, il devait avoir dans les quarante ans. Romain le vit s'avancer vers Évelyne et lui parler avec véhémence tandis qu'elle baissait la tête. Ils se dirigèrent tous les deux vers Romain de plus en plus intrigué et presque inquiet : « Romain je te présente mon père. » Romain n'eut même pas le temps de dire « enchanté », mot ridicule, qu'on dit la plupart du temps sans aucun enchantement. Le père d'Évelyne avait un visage de sportif au teint hâlé et faisait au moins un mètre quatre-vingt-dix, ce qui fit monter Romain sur le trottoir pour éviter d'être dominé par le géniteur de son amie. L'homme regarda Romain avec indifférence et ce dernier crut déceler dans ce regard un peu de mépris et d'ironie. « Tu sais que tes cousins viennent à Paris et qu'ils voudraient te voir. Tu n'as pas oublié que nous allons les chercher à la gare Montparnasse dans une heure. » Il ne semblait pas remarquer l'émotion de sa fille ni la présence de Romain. Romain, lui, ne regardait que les larmes qui commençaient à couler sur le petit visage d'Évelyne cependant que les paroles du père se perdaient dans le bruit des voitures et les rires des étudiants qui couraient sur le boulevard. Il le voyait comme un acteur du cinéma muet.

Dans ce genre de film des panneaux présentant les paroles prononcées par les acteurs défilent et à cet instant on pouvait lire sur les lèvres du père des insultes du genre : « pédophile ! », « Je vais porter plainte pour détournement de mineure ! », « Vous n'avez pas honte, un vieillard comme vous ! ». Heureusement que c'était un film muet ! Romain avait envie de serrer Évelyne contre lui pour la consoler, mais le père prit sa fille par le bras et l'entraîna avec autorité vers sa voiture, laissant Romain sur le trottoir au bord de la solitude de cette ville pleine de bruits incohérents. Il pensa qu'il était dommage de n'avoir pas mis sa Légion d'honneur car cet accessoire vestimentaire, comme disait Louis Jouvet, peut vous donner un certain prestige aux yeux des imbéciles.

Évelyne et Romain décidèrent de se donner un dernier rendez-vous à la Closerie des Lilas un mercredi, un jour sans école pour les petits enfants. Ils eurent une conversation très intéressante sur les livres qu'Évelyne venait de prendre à la bibliothèque, sans faire allusion à la rencontre avec son père, mais tous les deux étaient conscients : ils allaient tourner la page de leur brève histoire. Elle se leva, les yeux brillants et partit brutalement presque en courant. Romain après une courte hésitation, une sorte de vide coutumier dans ses réactions, se mit à la poursuivre dans la rue; il crut apercevoir son duffle-coat qui traversait le boulevard, il ne courait plus aussi vite qu'à son dernier parcours du combattant. « Évelyne ! »; il avait crié son nom au moment où elle montait dans l'autobus. Elle en redescendit et ils restèrent enlacés au milieu de la foule sous la pluie, pendant un long moment, comme si la troisième guerre mondiale avait été déclarée et que Romain partait pour le front. Dans son futur roman, peut-être Evelyne lui donnerait-elle son baiser d'adieu en levant sa voilette dans les vapeurs de la locomotive partant comme d'habitude de la gare de l'Est parmi les adieux et les rires des futurs soldats inconnus. Encore un cliché !

Chapitre XII

Dans les jours qui suivirent le dernier rendez-vous avec Evelyne, Romain eut ce qu'on peut appeler une dépression. Quand le monde se dérobe sous vos pieds, il n'y a plus de raison de se lever le matin, il n'y a plus la curiosité à voir le soleil, il n'y a plus les petites jouissances du quotidien qui vont du croissant chaud à la première gorgée d'air frais quand on ouvre sa fenêtre. Une dépression quoi ! Il n'allait pas faire un roman sur la tristesse, ça avait déjà été fait. Que peut-on écrire quand on ne voit plus les couleurs et qu'on n'entend plus le chant des oiseaux ? Un film muet. Dans sa situation il n'y avait pas grand-chose à faire d'intéressant, sinon tomber amoureux ou partir soigner les lépreux. Deux choses qui peuvent rajeunir le corps et l'esprit, mais encore faut-il trouver l'amour et surtout les lépreux, qui se font de plus en plus rares, du moins dans le sixième arrondissement. Il fallait retrouver la curiosité à 60 ans, la curiosité même pour rien. Pourquoi pas pour le néant ? Parce qu'il n'y a rien de plus immense, de plus intemporel, de plus éternel que le néant. Romain se dit : « Je vais m'installer confortablement, paisiblement, sereinement dans le néant. » ; Le Néant et l'Infini, ce n'est pas tout à fait un bon titre.

Un matin le goût des choses lui revint : le petit salé aux lentilles, un demi panaché à la terrasse du Flore et Paris, ce temple de poésie et de mémoire. On se dit que les trottoirs ont été foulés par d'innombrables vies, les talons de chaussures des femmes de toutes les époques, trottinant vers leurs rendez-vous amoureux. Les rues de Paris bourdonnent de souvenirs : les amoureux de la Libération qui s'embrassent tels deux pigeons, les porteurs de journaux qui balancent leur pile de papier devant les kiosques, tout ça vous remonte le moral et vous permet de siffler en marchant. Tout ce qui est nécessaire pour retrouver l'éternité dans le présent, même si la nausée vous guette au coin de la rue. Quand Romain rentra dans son petit studio, il adressa un sourire à la gardienne, madame Pelletier, sourire qu'elle lui rendit, mais chargé de la suspicion qu'on peut avoir devant un vieux rêveur qui ne fait pas grand-chose de ses journées. Romain se dit qu'il devrait porter plus souvent sa Légion d'honneur, même si ça vieillit terriblement.

Il faisait beau et à son petit bureau Romain était presque gai devant sa feuille blanche. Elle était blanche et parfaite : elle ne serait imparfaite qu'à partir du moment où il commencerait à écrire, donc il allongeait avec volupté ce moment de perfection de son futur ouvrage. Il se mit à écrire la suite de l'histoire du jeune aviateur à la cicatrice et de la jeune fille de la Closerie des Lilas, il le fit mourir dans un combat aérien et la jeune fille à la voilette resta sur le quai de la gare, les larmes aux yeux. Une histoire un peu courte pour un roman, il écrirait donc une nouvelle, mais rien n'est nouveau dans la nouvelle !

Un matin de novembre Romain avait soixante-trois ans à quelques mois près, et il était assis dans la salle d'attente d'un urologue du seizième arrondissement, parce que divers examens dans sa dernière analyse avaient été préoccupants. Il avait remarqué que la littérature mise à la disposition des patients dans la salle d'attente des médecins se composait plutôt de magazines dédramatisants, comme Jours de France et Marie-Claire, une littérature légère, qui n'aggravait pas l'inquiétude des malades.

Il était là, assis, seul dans ce grand appartement bourgeois à attendre le verdict du médecin, l'annonce de son destin. D'ailleurs, quand il était enfant et souvent malade, le seul contact qu'il avait eu avec la bourgeoisie aisée, c'était quand on l'amenait chez le dentiste ou le médecin. Dans cette salle d'attente cossue, tout le monde parlait à voix basse, respectueusement, en attendant d'être reçu par ce sorcier qui allait vous inquiéter, vous soulager ou vous rassurer. Il avait eu les premiers vertiges de la conscience d'être lui-même, un être unique et solitaire qu'on avait lâché dans la nature dès que sa maman avait ouvert les bras et les jambes pour laisser l'oiseau s'envoler. Il avait eu souvent le désir de retourner d'où il venait, des douceurs maternelles, du néant confortable, plutôt que d'affronter le froid, la douleur ou la pluie. Le médecin le fit entrer sans presque le regarder, avec cette indifférence doctorale des mandarins. Le bureau contenait tous les livres de la misère humaine dans de jolies reliures de cuir ou de peau, peut-être des livres d'anciens malades. Un tableau art déco figurait au mur juste derrière le bureau, un immense bureau qui contrastait avec le petit siège où devait s'asseoir le patient et même qui le dominait. Le docteur, très corpulent, qui devait faire son mètre quatre-vingt-dix, mit les lunettes rondes du docteur Knock pour lire l'air grave les analyses de Romain. Du haut de sa chaire, écrasant Romain de sa position stratégique, il lui annonça simplement qu'il avait toutes les chances d'avoir un cancer de la prostate, si on peut parler de chance dans ce cas-là ! C'était Bossuet, menaçant d'excommunication les courtisans apeurés : « Oui, vous avez un cancer sûrement déjà avancé. J'en ai presque la confirmation : je pense qu'une opération ainsi qu'une chimiothérapie inévitable seraient indiquées dans votre cas. » Il lui avait annoncé cela sans brutalité excessive, mais de cette manière qu'ont les très bons médecins de se protéger devant les drames qu'ils affrontent chaque jour. À la fin de la journée ils rentrent chez eux pour sourire à leur femme et jouer avec leurs enfants sans trop penser à la triste condition humaine. Un peu comme ces speakerines à la télévision lisant sur leur téléprompteur et annonçant un tremblement de terre qui a fait des milliers de morts avec l'esquisse d'un sourire pour rester charmantes et bien coiffées comme le sont les pin-up des journaux posés sur la petite table de la salle d'attente.

Romain sentit le sang monter vers sa tête, comme pendant ses terreurs d'enfant, quand il était interrogé par l'instituteur pour un exercice qu'il n'avait pas préparé. Il eut la vertigineuse sensation d'être lui-même et que son corps n'appartenait qu'à lui, comme à Bou Saáda, quand il regardait le ciel, allongé dans le désert sous le soleil ; d'abord la chaleur, puis la brûlure, comme s'il ne fallait jamais s'habituer au bonheur : le bonheur ramollit, rend faible et fragile. Il avait vu un film en noir et blanc où un médecin annonçait à son patient une maladie incurable, la réaction de ce dernier l'avait étonné : il se levait calmement, regardait le médecin, lui balançait une droite magistrale et sortait tranquillement sans payer. Romain sortit lui aussi tranquillement de ce grand appartement bourgeois où cette espèce de pythie lui avait prédit l'avenir, mais sans violence déplacée et après avoir payé la consultation. Payer pour s'entendre peut-être condamner à mort, encore une bizarrerie de la vie.

Il marcha longtemps dans la rue. Paris était gris clair, comme une photo surexposée. Il rentra chez lui et, aussi étrange que cela puisse paraître, il s'endormit.

Romain décida de ne pas se faire opérer : on lui avait dit que ce genre de maladie pouvait avoir une évolution très lente, comme cela avait été le cas pour un président de la République socialiste. Après tout, le problème à un certain âge et même à tous les âges, ce n'est pas de savoir quand on aura un cancer, mais où ! La nature frappait les hommes en plein dans leur centre de gravité : la prostate ! Organe mystérieux, qui faisait se sonder un vieux général d'Empire en pleine bataille, quand l'hypertrophie de cette glande l'empêchait de pisser comme son cheval. D'ailleurs le centre de gravité des hommes a changé quand ils ont cessé de monter à cheval pour mettre leur cul dans des automobiles. Depuis, ils ont perdu leur équilibre naturel et ils sont comme des enfants qui apprennent à marcher. Romain pensa à fumer le fusil d'Hemingway pour se libérer une bonne fois de tous ses problèmes ; d'ailleurs pourquoi Hemingway avait-il préféré un jour fumer son fusil plutôt qu'un bon cigare au bar du Ritz ? Il allait peut-être enfin pouvoir écrire son roman. La maladie, l'agonie, la mort, on a fait des chefs d'œuvre avec ça. La peste, voilà un sujet qui a mérité le prix Nobel. Tous les chemins qui lui feraient rejoindre son frère de mort : celui de l'Oued Ain Diss et le poème de Baudelaire… La chienne de Céline, quelle belle mort ! On ne peut pas être complètement mauvais quand on décrit la mort d'un animal avec autant d'émotion et de poésie. Romain se demandait s'il aurait le courage de la chienne, quand elle se tourne vers le Nord, muette et noble. Les chiens savent tout et surtout mourir, dommage qu'on ne puisse pas communiquer avec leur mémoire, même en morse. Il n'écrirait sûrement pas une agonie dans le genre de celle qu'on lit dans Madame Bovary, trop de vomissements et trop de dyspepsie, ni l'agonie du Prince Bolkonski dans Guerre et Paix, qui avec de la pénicilline et des soins palliatifs aurait pu être plus supportable. Comme disait Malraux dans la même situation : « Quelle corvée de mourir ! », même dans un roman.

« Le fatal sablier » de Baudelaire ! On peut être curieux du spectacle mais, comme il l'écrit dans son poème, quand la vérité froide, se révèle, on doit se dire : « N'est-ce donc que cela ? » Car mourir est sûrement d'une simplicité enfantine, comme la naissance d'un bébé : car pour écrire un roman, pour avoir le nombre de pages nécessaire pour l'éditeur, seules les longues agonies peuvent faire l'affaire. Pour Anna Karenine, la mort a été rapide, sous un train, en deux lignes pareilles aux deux rails de son destin : ce qui est intéressant sur le plan de la littérature, c'est tout ce qui l'a amenée au bord du quai de cette gare : son agonie passionnelle.

Chapitre XIII

Samira était partie pour Bordeaux sans beaucoup de renseignements sur Romain Delfosse. Durant son voyage en train elle pensa à son père qui ne lui avait jamais imposé une pratique rigoureuse de la religion. Pourtant, elle portait le foulard et ne l'enlevait que pour plaider dans sa robe d'avocate. Elle arriva à Bordeaux en fin d'après-midi, il pleuvait. Elle loua une chambre dans un petit hôtel juste en face de la gare, au-dessus d'une brasserie bruyante. Elle s'allongea sur le lit. La chambre était éclairée par le rythme d'une enseigne lumineuse juste en dessous de sa fenêtre comme dans les films noirs et elle regardait le mur de sa chambre s'éclairer par moments pour redevenir sombre un court instant. Elle pensa à son père ; elle revoyait son visage maigre et buriné par le soleil et les souffrances, visage qui ne portait jamais aucun signe de colère ou de rancune envers la vie. Quand elle l'embrassait sur sa barbe sévère et dure avec la pudeur d'une fille obéissante, elle ressentait toujours une immense tendresse. Les larmes lui montèrent aux yeux, coulèrent sur ses joues, éclairées par la lumière intermittente du néon de l'enseigne. Elle s'endormit dans cette chambre triste et froide.

Le lendemain vers sept heures elle descendit à la brasserie. La salle était déjà bruyante. Elle s'assit dans un coin et demanda un café, un croissant et l'annuaire. Elle trouva très vite plusieurs numéros au nom de Delfosse, qu'elle nota et qu'elle appela successivement. Au troisième appel, elle obtint une réponse : « Madame Romain Delfosse ? » demanda-t-elle. Une voix plutôt jeune et pas très aimable lui répondit : « Non je suis sa fille, Catherine Delfosse. C'est de la part de qui ? – Je m'appelle Samira Ben Sharifa et je voudrais joindre Romain Delfosse, votre père – Mon père n'habite plus à

Bordeaux depuis plusieurs années, mes parents sont divorcés, répondit la voix un peu sèche, c'est à quel sujet ? » Samira essaya de résumer brièvement l'objet de sa recherche et quand elle eut terminé un silence lui fit croire que son interlocutrice avait raccroché. Elle devina une émotion dans ce silence, puis la voix reprit : « Je n'ai pas vu mon père depuis bien longtemps, mais je sais qu'il habite à Paris dans le sixième arrondissement car l'avocat de ma mère a eu son adresse pour des régularisations administratives. » La voix était plus aimable et elle conclut : « J'espère mademoiselle que vous le retrouverez, car ma sœur et moi, nous l'avons perdu depuis longtemps. » Elle lui donna son adresse et raccrocha.

Samira traversa la place de la gare. Il pleuvait toujours et de grosses gouttes commençaient à crépiter sur la chaussée. De jeunes étudiantes la dépassèrent en riant, en se protégeant avec leur cartable sur la tête. Tout le monde courait pour se mettre à l'abri, mais elle, avec son foulard, marcha tranquillement jusqu'au quai où elle prit un train pour Paris.

À Paris il ne pleuvait pas mais il faisait froid, et elle finit par trouver la trace du petit sous-lieutenant de Bou Saadâ. Elle apprit qu'il était soigné comme il se doit à l'hôpital du Val de Grâce, boulevard du Port-Royal. C'était madame Pelletier, la gardienne de l'immeuble où habitait Romain, qui lui avait donné sans difficulté ce renseignement. D'autant plus qu'il avait un arriéré de loyer et qu'il n'était pas seulement menacé par le cancer, mais par l'huissier !

Samira resserra machinalement son foulard, comme les femmes qui entrent à l'église. Après tout, à l'hôpital, on s'occupe de la vie et de la mort de façon plus concrète que dans une synagogue, une mosquée ou une église, où il est déjà trop tard pour en parler. Romain entrait dans la phase finale de son agonie, sans vraiment souffrir. Il était en train de passer à l'enregistrement pour reprendre l'avion piloté par Saint-Exupéry, un Nord atlas, pour une destination inconnue, affichée sur le mur de sa chambre en lettres phosphorescentes comme dans les aéroports.

Il devina la silhouette de Samira dans l'entrée, à contre-jour, comme une apparition, qui avec la lumière du soleil et son foulard sur la tête lui fit se demander si ce n'était pas la sainte Vierge, déjà… Il la vit parler à une infirmière, tandis qu'autour de lui tout devenait flou, on aurait dit un vieux film mal restauré. Au milieu de l'image Romain aperçut un enfant de trois ans dans un jardin avec une petite salière à la main qui courait après les oiseaux. Des adultes mal intentionnés lui avaient dit que pour les attraper il fallait leur mettre du sel sur la queue. Puis il se vit un peu plus grand tomber de vélo et pleurer au bord de la route ; il vit le visage de sa maman qui se penchait sur son petit lit où il transpirait de fièvre. Les images s'accéléraient, il se voyait nager dans la mer, au bout d'un parachute, ou marcher sur les boulevards en se regardant dans les vitrines avec quarante ans de moins, et les deux petites silhouettes de ses parents qui s'éloignaient au bout du quai. C'était donc vrai, on voyait les images de sa vie comme dans un kaléidoscope quand on mourait, comme à la cinémathèque quand lors de la projection d'un vieux film la pellicule brûle et que toute la salle pousse un « Oh ! » de déception ; mais cette fois la lumière ne se ralluma pas, la séance devait être terminée !

Samira se dit que l'homme qui gisait là faisait partie de sa famille. Elle l'avait toujours connu, c'était le frère de son père et elle lui devait cette rencontre pour ne pas laisser s'évaporer toute cette tendresse qu'elle avait en elle. Le visage de Romain lui était familier, ce visage qu'elle avait imaginé tout au long de sa vie ; il lui rappelait son père par ses traits apaisés et presque souriants ; aucune colère, aucune rancœur ne faisaient partie des bagages qu'il emportait. Ces deux hommes resteraient dans sa mémoire et dans son cœur pour le restant de sa vie.

Samira s'avança. Elle posa avec douceur sa main sur le front de Romain, lui ferma les yeux comme elle l'avait fait pour son père. Elle continuerait sa route, ils marcheraient tous les deux à ses côtés.

Romain dont la nausée avait complètement disparu remonta joyeusement dans l'avion piloté par Saint-Exupéry ; ils étaient tous là, Romain Gary et les autres. Hemingway avait retiré ses santiags et dormait en chaussettes, allongé dans l'allée centrale. Romain se dit qu'il allait peut-être l'écrire finalement, son roman, au milieu d'une telle compagnie d'autant plus que le voyage risquait d'être long…

© Adelina Khamaganova

à propos du livre

Ce livre est un voyage à travers les souvenirs, les rêves, les rencontres, la littérature, un voyage à travers deux pays : la France et l'Algérie. Ce livre, c'est aussi le récit d'un rescapé de guerre. Un survivant blessé à l'âme, qui traîne toute sa vie une douleur sourde, un mal au cœur, la nausée. Pendant toute une vie Romain construit un barrage de mots pour se protéger de la mort « dans toute sa simplicité, dans toute sa vérité, dans toute sa pureté ». Le goût du chef d'œuvre est le fil rouge de l'existence de Romain à partir du jour où, quelque part entre la vie et la mort, il fait l'une des plus belles rencontres de sa vie.

Un long chemin a été parcouru entre la guerre d'Algérie et le moment où les lignes de ce livre ont été écrites avec un stylo Montblanc. Les premiers mots de cette histoire sont nés quelque part en Provence, avec en arrière-plan, derrière les fenêtres, un paysage ensoleillé, car l'auteur « ne reviendrait jamais plus au Nord, il se sentait aspiré par le Sud »

J'ai été la première lectrice de ces mots, la première à les écouter plutôt car j'ai eu le privilège, le droit sacré de la femme d'écrivain d'assister aux séances de lecture à haute voix (baryton léger) par l'auteur en personne. J'ai été la première à pleurer et à rire, à rire et à pleurer sur la vie de Romain, sur la vie de Saïd, sur leurs blessures, sur leur rencontre, sur le turban de Simone de Beauvoir, sur les convictions de Sarah, sur le duffle-coat d'Evelyne, sur Samira qui cherche à retrouver les traces de son histoire perdue.

Écrire, c'est parler sans être interrompu. Certaines personnes ont du talent pour écrire, cette faculté de glisser des sentiments dans les mots et d'éveiller l'émotion chez ceux qui ont le talent de lire. « Commencer par une phrase vraie... » a écrit Hemingway dans Paris est une fête. Une phrase vraie n'est pas une quelconque idée exprimée par l'auteur, mais tout un monde contenu dans quelques lignes, une seule ligne parfois.

Ce livre est vrai, il est intuitif et riche en émotions et en détails, qui se fondent dans des thèmes plus larges. C'est un livre honnête, il ne cherche pas à impressionner et pourtant il nous atteint au plus intime de nous-même car il est profond et sincère. L'auteur est un flâneur, sans aucun doute, mais il a fait à pied un long voyage sous le soleil brûlant de Bou Saáda, « sous un soleil immense, sans contours, sans pitié et sans qu'on puisse dire s'il était à des années lumières ou à dix centimètres de sa casquette Bigeard ». C'est d'ailleurs le soleil qui a le dernier mot dans ce livre, comme un souvenir précieux à moitié oublié qui nous échappe pour toujours...

Adelina Khamaganova

du même auteur :

Le Guignol des Buttes-Chaumont,
récit, Michel Lafon (2006)

Un rasoir dans les mains d'un singe,
roman, Michel Lafon (2008)

à paraître :

À la sans pareille...,
roman.

Achevé d'imprimer

sur les presses de l'imprimerie Pulsio

dépôt légal : avril 2011

www.ginkgo-editeur.fr

34/38 rue Blomet

75015 Paris